二次元ドリームノベルズ

小説 有機企画
挿絵 眞人
原作 ONEONE1

軋轢《あつれき》のイデオローグ

Ideology in Friction

~淫辱のエルフ騎士~

登場人物紹介
◆クレイシア・ベルク
ヴィクトール王国のエルフの少女騎士。
騎士団学校の仲間とともに
特務部隊にて任務に取り組む。
◆アネット・ストール
クレイシアの親友にして
特務部隊の同期。実力はトップクラス。
実は暗い過去があり――。
◆ヴィクトール王
歴代一の名君と
謳われる賢王だが――。
◆ハーフルト
ヴィクトール王国の大臣。
◆リューゲ
レジスタンス組織
「エルドラド」のリーダー。
◆ザラ
特務部隊の参謀。

序章　ある姉妹と不条理

「ハァ……ハァ……」

「はぁ……ふぅ……あうぅ……」

陽光の差し込む森の中を二人の少女が懸命に走っていた。二人とも顔つきは幼く、年齢は十歳にも満たないだろう。手に持ったバスケットには木苺が入っている。

足元にはつる草や木の根が蔓延《はびこ》り、障害物のように行く手を阻む。思うように進むことができず、小さな口から苦しそうに息が漏れた。

「はぁはぁ……お姉ちゃん、もう走れないよ」

「森を抜けたらすぐにお家だよ。もう少しだけがんばろう。ね？」

お姉ちゃんと呼ばれた少女が妹の手を取り励ます。妹はコクリと頷き、二人は再び走り出した。

脇腹が針を刺したように痛むが、足を止めることはできない。その理由が背後に迫っていたからだ。

「ゲヘへ、逃げなくてもいいんだよ。お嬢ちゃ～ん」

「そんなに怖がられるとおじさん傷ついちゃうなぁ」

「ギヒヒ。鬼ごっこよりもっと楽しいことをしようぜ」

緑色の肌にでっぷりと太った醜悪な魔物、オークが下卑《げび》た笑い声を上げながら姉妹の後ろから声を掛ける。

本気を出せば今すぐ追いつくことはできるが、オークたちはそれをしない。獲物がもがき苦しむ姿を眺めるのが彼らの愉悦だからだ。

「あっ、あううぅっ！」

水溜りに足を取られ、妹が転んでしまった。飾り気のない村人の服を泥水が汚す。

「うう……痛いよぉ」

「我慢して。早く立って！」

「……うん」

「ごめんね。でも急がないと……」

「急がないとどうなっちゃうんだ～い？」

姉妹の周りをオークたちが取り囲む。素手で人体を八つ裂きにするほどの膂力《りょりょく》を持つ魔物が、幼い子供を前に凶悪な笑みを浮かべた。

「ふぇぇ……怖いよぉ……」

「だいじょうぶ。お姉ちゃんが守るからね。なんにも怖くないよ」

ガクガクと足を震わせながらも、妹を安心させようと笑顔を見せる。小さな身体をぎゅっと抱きしめ、オークたちを睨んだ。

「ヒヒ、かっこいいねえお姉ちゃん」

「感動して涙が出るぜ」

「そうビビるなよ。オレたちのチンポに奉仕すれば生きてお家に帰れるかもしれないぜ？」

「「────────っっ！」」

オークの一体が腰巻を下げると、腕のように太い肉幹を露出した。皮が捲《まく》れ上がり露出した亀頭は赤黒く、緑色の幹にはいくつもコブが盛り上がっている。

濁った欲望を吐き出そうとするオス凶器の威容は、幼い姉妹に十分すぎるほどの恐怖を植え付けた。

「へへ、オレは姉の方をもらうとするぜ」

「じゃあオレたちは妹だな」

「終わったら交換しようぜ」

下半身を露出したオークが狙いを定めると、残りの二体も舌なめずりをする。海綿体が膨れ上がり、人間のモノよりも濃い精臭が早くも漂い始めた。

（お願い、誰か助けて！　妹だけでもいいから！）

瞳を閉じ少女は祈る。襲い来る理不尽に対してなにもできない自分が惨めで悔しくてたまらなかった。

鼻をつく恥垢の生臭い匂いが最悪の結末を想像させる。

「────────ッ、あ……あれ？」

しかし、少女の想像を裏切り、身体を汚されることはなかった。恐る恐る目を開けると、そこには地面に倒れ伏すオークの姿があった。

その背中は血に濡れ、真っ赤な華を咲かせている。

「ど、どうなってるの？」

「ギリギリセーフって感じね。大丈夫、後はわたしに任せて」

姉妹の前に立っていたのは、金色のショートヘアを木漏れ日に輝かせ、可憐な顔つきをしたエルフの女騎士だった。

銀色の胸当てにはこぼれんばかりの巨乳が窮屈そうに納まり、急いで駆け付けたせいか、たぷんたぷんっと波を打つ。

ウエストはなだらかにくびれ、ミニスカートから視線を下げると、健康的な太腿が目に飛び込んでくる。

頭にはカチューシャ、手足には甲冑タイプのロンググローブとロンググブーツを装着し、マントにはヴィクトール王国騎士団の証、黄金の獅子の紋章が施されている。

手に持った剣には緋色の宝石が煌めき、女騎士が並の使い手ではないことをうかがわせた。

「あ、あなたは……？」

「わたしはクレイシア・ベルク。特務部隊所属の騎士よ」

「特務部隊ってあの『死神部隊』⁉」

「……その呼び方は誰から聞いたのかな」

「あ、いえ……えっと……」

「んー、他の特務部隊の人に会ったら言わないようにね。傷つく人もいるから」

少し気まずくなりながらも、姉妹は期待の目でクレイシアを見る。特務部隊は生きとし生けるものの天敵、『ベヒーモス』と戦うことを任務とする部隊だ。

同じ騎士でも貴族が箔をつけるために所属する近衛部隊とは違い、その戦闘力は並の魔物や盗賊を遥かに凌駕《りょうが》する。

一瞬でオークの息の根を止めたのも、その卓越した技巧によるものである。ただし、任務の死亡率は非常に高く、民衆からは『死神部隊』『人材の墓場』などと不名誉な呼ばれ方をしていた。

「くそっ、いいところだったのに」

「お楽しみの邪魔するんじゃねぇよ。このメスエルフが！」

「メスエルフのおかげで女の子の助けを求める声がよく聞こえたわよ。ついでに反吐《へど》が出そうなおしゃべりも。よくあんな知性皆無な会話できるわね」

エルフ族の聴力は人間やオークよりも優れ、小さな音もはっきりと聴きとることができる。

クレイシアは姉妹の頭をポンポンと撫でて安心させると、剣の切っ先を陵辱者に突き付け問いかけた。

「ヴィクトール王国の領地で悪事を働くなら、それ相応の覚悟をしておきなさい。二度と人を襲わないって誓うなら見逃してあげてもいいわよ」

「へっ、上から目線で言ってくれるぜ」

「当たり前でしょ。まともに訓練も受けていないあなたたちに負けてるようじゃ、騎士なんてやっていけないもの」

「ぐっ……」

修羅場をくぐり抜けてきた女騎士の気迫にたじろく陵辱者。

その時、ガサガサと茂みをかき分け、十数体のオークの群れが現れた。全員が皮の鎧や盾を装備し、手には棍棒や剣、ハンマーが握られている。

「なにをやってんだ」

「ボ、ボス！　いいところに来てくれました！」

「特務部隊のメスエルフが邪魔しやがるんですよ！」

「ああ、ヴィクトール王国の騎士だろ」

二体のオークはドタ足で仲間の元に戻ると、他のオークたちと共にクレイシアと姉妹を円形に取り囲んだ。

数瞬前まで言葉に詰まっていたのに、もう勝ったような様子だ。

「だから用心しとけって言っただろうが。ったくボケどもが」

「す、すいません！」

群れの中で一際大きい、ボスと呼ばれるオークがフンッと鼻を鳴らす。その皮膚は浅黒く、手に握った斧には血痕がベットリとこびりついていた。

すぐそばには仲間の死体があるが、まったく気にも留めていない。

「ずいぶんと大所帯でご登場ね。その様子だと特務部隊が来ることを知ってたのかしら？」

「ああ、とある筋からの情報でな。そっちこそオレたちの討伐が任務なんだろ？　ガキを助けるためだけに都合良く登場なんてありえねえからな。武器を揃えて待っていた甲斐があったぜ」

「…………」

「さて、形勢逆転だがどうするお嬢ちゃん？　オレたち全員にオマンコしてくれるなら、命だけは助けてやってもいいぜ」

村を襲い女をさらうオークは騎士団の討伐対象になっている。魔物とは思えないほど整った装備は、さんざん煮え湯を飲まされた仇敵《きゅうてき》を迎え討つためだとボスは告げた。

圧倒的に有利な状況に、オークたちはニヤニヤと余裕の笑みを浮かべる。その視線はクレイシアの豊満な胸やお尻に注がれていた。

「ふぅ、仕方ないわね」

「ゲヘヘ、聞き分けがいいじゃねえか。じゃあまずはパンツを下ろしてもらおうか」

「クレイシアさん……ど、どうしよう……」

「わたしは平気だから怖がらないで。今からちょっとだけ騒がしくなるから、目をつぶって耳を塞いでいて。妹ちゃんもね」

クレイシアが優しく微笑むと、姉妹は言われた通りにした。オークたちは「そりゃ騒がしくなるよなぁ」などと、軽口を叩いている。

「さあやれよお嬢ちゃん。ちんたらしてると三人まとめて犯しちまうぜ？」

「その前に一つだけいいかしら？」

「言ってみろ」

「後はわたしに任せてって言ったけど、あれ嘘だから」

「は？」

ボスを筆頭にオークたちが怪訝《けげん》な顔をする。

次の瞬間、疾風が木の葉を散らし、クレイシアの背後にいた三体のオークの首が胴体から切り離された。

数秒置いて断面から鮮血が噴き上がり、噴水を描く。

「な、なんだぁ!?　え、が……ッ!?」

「ちくしょう！　どうなってやが――おごッ!?」

動揺するオークをさらに二体屠《ほふ》り、クレイシアの隣に同じエルフの女騎士が進み出た。

彼女が纏《まと》うオーラに空気の流れが変わる。

「外道《げどう》どもめ。ここが貴様らの墓標と心得るがいい」

女騎士は海色のストレートロングをサラリとかき上げた。その容貌は人魚姫のように美しく、死の恐怖も忘れてオークたちは生唾を飲み込む。

クレイシアと比べ動きやすさを追求した衣装の胸元を、メロンのように膨らんだ果実が押し上げ、露出したおへそとウエストからのヒップラインが魅惑的だ。

頭にはカチューシャ、手足には白のロンググローブとロングブーツ、マントには施された黄金の獅子の紋章が輝く。

手にした剣は身長ほどもあり、女性の扱う武器とは思えない威圧感を放っていた。

「さすがアネット。タイミングバッチリね」

「いや、クレイシアが注意を引いてくれたからな。おかげで警戒されることなく剣を振るうことができた」

頼れる戦友の登場に、クレイシアは声を弾ませた。女騎士の名はアネット・ストール。実技、学力共にトップで騎士団学校を卒業した実力者だ。

クレイシアとは入学試験で対戦して以来の、姉妹のような親友である。

「チィッ！　仲間のことを黙ってやがったな！」

「この卑怯者がっ！」

「あんたたちに言われたくないわよ」

「同感だな」

二人は冷たい視線をオークたちに投げかける。

「オタオタするんじゃねえよ。まだ数はこっちが上なんだ。この森には何十もの同胞が潜んでいるんだからな」

「そ、それがボス……他の奴らのとこにも騎士が行ってるみたいです！　どいつもこいつも連絡がつきません！」

「なんだとおっ⁉」

今度こそボスオークの表情から余裕が消える。

先行したクレイシアが会話で時間を稼いでいる隙に、特務部隊の仲間たちが逆にオークたちを包囲していたのだ。

作戦参謀の「突撃開始！」の声と共に森のあちこちで戦いが始まった。

「悪行のツケを払う時がきたようね。さあ、どっからでもかかってきなさい！」

「ああ、手を抜くことはしない。覚悟しろ」

「く、クソッ！　お前ら行け！　やっちまえ！」

「「「「お、オオオオオオオオオオオオオオオオオオオオッ!!」」」」

ボスの命令で残ったオークたちが雄叫びを上げて突撃する。金髪と青髪、二人の女騎士は剣を構え、それを迎え撃った。

武器と武器が衝突し、激しい金属音が鳴り響く。

「たあぁぁああああああああっっ！」

「ハアァアアアアアアアアアッッ！」

「ぎゃ、グギャアッ！」

「げほっ。ぐげぇえええっ！」

クレイシアとアネットの剣が閃くたびに、醜い悲鳴を上げてオークたちが倒れていく。

棍棒も槍も空を切り、かすり傷を付けることさえできない。

代わりに二人の剣はすべてオークの肉体を捉え、皮を肉を骨を正確に断ち斬った。

「この……ちょこまかと……ぎ、ギャアアアアッ！」

「エルフ女が生意気な……ぐ、ごぁあああああっ！」

「遅いわね。そんなんじゃ百年振っても当たらないわよ！」

「貴様らが傷つけてきた者の怒り、思い知れ」

抜群のコンビネーションから繰り出される流れるような剣戟に、一体、また一体とオークの数が減っていく。

「こ、こいつら、つえぇ……」

「なんとかしてくださいよボス！」

「チッ、あれは貴重なんだが仕方ねえな」

部下の悲鳴が途切れることなくあちこちから上がる。状況を打開するためにボスオークは奥の手の使用を手下に命じた。

「用意はできてんだろうな？」

「へい。もちろんです」

手下のオークから、商人から奪い取った宝石のマジックアイテムを受け取る。深紅の結晶の中には炎の上級魔法《バースト》が封じられており、使い捨てだが爆発的な破壊力を生み出すことができるのだ。

ボスオークはナイフで宝石に傷を付け封印を破ると、クレイシアとアネット目掛けて投げつけた。

周囲で戦っている手下を巻き込むことも厭《いと》わずに。

『頭上に魔力の反応を感知！　急いでその場から離れて！』

「クレイシア聞こえたな⁉」

「わかったわ！」

クレイシアとアネットはオークたちを弾き飛ばし、姉妹を抱きかかえると木々の間に飛び込んだ。

数秒後、二人のいた場所に爆炎が噴き上がった。

「「「————ッッ‼」」」

「くっ……」

「あうっ！」

戦闘中だったオークたちが声もなく焼却される。クレイシアとアネットは地面に伏せ、辛うじて直撃を避けていた。

炎の直撃を受けた木々が黒く焼け焦げ、炭となって崩れ落ちる。

「仲間ごと攻撃するなんて……」

「ザラ作戦参謀の指示がなければ死んでいたな」

二人の危機を救ったのは特務部隊の作戦参謀が使う、《ヴィジョン》と呼ばれる精霊魔法だ。

この魔法は戦場の状態をリアルタイムで術者の元に届け、情報を元に遠く離れた仲間に指示を出すことができる。

《ヴィジョン》は特務部隊の生命線であり、これによって死角からの攻撃にも対応することが可能なのだ。

『危ないところでしたが大幅に敵の数が減りました。アネットは姉妹の保護を優先してください。クレイシアはボスオークの撃破をお願いします。他の騎士の到着を待つ手もありますが、あなたたちの腕で不覚を取ることはないはずです』

「「了解！」」

命令に従ってアネットは姉妹を護衛し、クレイシアは敵の親玉目掛けて駆ける。

「クソクソ！　くそがァアアアアッ！　今ので死んでろよ！」

激昂するボスオーク。しかし、その心中は怒りよりも恐怖で占められていた。奥の手を使っても殺すことができず、手下は壊滅状態。

幅の広い背中から滝のような冷や汗が噴き出す。

「お前ら時間を稼げ！　オレは作戦を練り直す！」

「ま、待ってくださいボス！」

「逃げるつもりじゃないでしょうね⁉」

「うるせえ知るか！」

命を張っている手下たちに背を向け、ボスオークは遁走を開始した。ドタドタと足音を鳴らし、脱兎のごとく走り去っていく。

「待ちなさい！　逃がさないわよ！」

「ぐぎゃっ！　あぎゃあああぁっ！」

クレイシアが疾風のように走り、道を塞ぐオークを斬り捨てる。森の獣道をものともしない軽快な走りで、瞬く間にボスとの距離が縮まっていく。

「クソ、しつこいメスエルフが！　そこまで死にたいならやってやるぜ！」

「ここで終わりにしてあげる！　タァァァァァァァァァァァッ！」

ボスオークが上段から斧を振り下ろすも、クレイシアは剣で受け流す。人間を遥かに上回るパワーにビリビリと剣身が震えるが、彼女に動揺はない。

身体を半回転させ、返す刀で脇腹を切り裂いた。

「ギャアアアアアアアアアッ！　な、なんでオレの斧が受けられるんだ⁉　他の騎士どもなら一発でミンチだぞ⁉」

「こんな攻撃、ファルケに比べたらなんてことないわ。重さも速さもね」

クレイシアは大剣を使う幼なじみの顔を思い浮かべ、不敵に微笑んだ。

叫び声を上げ、赤く染まった皮鎧を押さえる巨漢の陵辱者。形勢の不利を覆すため、ボスオークはバックステップで距離を取ると、最後の奥の手を取り出した。

「けっ、いくら剣が上手くたってこいつには敵わねえだろ！　死にやがれ！」

口を開いた髑髏《どくろ》の指輪をクレイシアに向ける。宝石と同じく強奪したマジックアイテムであり、能力は体内の魔力を弾丸として形成し撃ち出す暗器。これで所詮《しょせん》魔物と侮った騎士を何人も葬ってきた。

勝利の確信と共に弾丸が放たれ、パンッパンッと乾いた音が連続して森に響き渡る。狙いは外れることなく、鉛色の礫《つぶて》はすべてクレイシアに命中した。

「――っと、今のはちょっと焦ったわね」

「な、なんだとぉっ⁉」

しかし、ボスオークの望んだ光景が現れることはない。

弾丸は盾のように翻《ひるがえ》したマントに当たり、そのまま凍り付いて砕けた。距離を取られた時点で飛び道具を警戒し、氷属性の魔法、《アイス》を唱え、マントに付加していたのだ。

「剣士スタイルで魔法だと⁉　てめぇ一体何者だ⁉」

「ただのエルフよ。さあ、いい加減覚悟しなさい！」

剣身に魔力が集まり、ビリビリと空気が震える。クレイシアは腰だめに剣を構え、ボスオーク目掛けて突撃する。

　がむしゃらに上段から振り下ろされる斧を軽やかなステップで回避すると、呪文の詠唱を開始した。

　奥の手を破られ狼狽《うろた》えることしかできないボスオークに、トドメの一撃が迫る。

「大気に宿りし我が盟友たちよ。叫びに応じ我が剣に宿い顕現せよ――」

「このオレがこんなメスエルフに……くそおおおおおおおおおおおおおおおっ！」

「ハァアアアアアアアアアアアアアアアアアッッ!!」

　光り輝く刃が突風と共に、ボスオークの肉体を横一文字に切り裂いた。ブシャアアァァッと血の雨が降り注ぎ、木々を赤く濡らす。

　剣術と魔法を組み合わせたスキル『魔法剣』。使い手もほとんど残っていない希少な技巧を、天賦の才能と努力によってクレイシアは習得していた。

「おご、あがあああぁ……！」

「とある筋からの情報って言ってたわよね。どうして特務部隊の到着を知っていたのか死ぬ前に教えてもらえないかしら」

「ハッ、誰が言うかよ。お前はあのお方の恐ろしさを知らねえんだ。ハァハァ……せいぜい魔物やベヒーモス相手にイキがってな。終わりはすぐそこ……」

　ボスオークは舌を噛み切り自ら命を絶った。口から血を溢《あふ》れさせ、物言わぬ肉塊が地面に突っ伏す。

「……これで終わったわね」

（生き汚いオークに死を選ばせるなんて。一体何者なの……？）

敵の気配がなくなったことを確認すると、クレイシアは血を拭い剣を鞘に納めた。早足でアネットと姉妹の元へと戻る。

謎は残るが今は彼女たちのことが優先だ。

「勝ったようだな」

「ええ。そっちもね」

アネットの周りでは足止めに使われたオークたちが息絶えていた。子供を守りながらの戦闘は容易《ようい》ではないはずだが、青髪の女騎士は息切れ一つ起こしていない。

互いの健闘をたたえ合い、二人はハイタッチする。

「クレイシアさん、アネットさん、助けてくれてありがとうございます」

「ありがとうございます！」

「二人とも無事で良かったわ。今度から森に入る時は大人の人と一緒にね」

「ここのところ魔物やベヒーモスの出現率が上がっているそうだ。王国周辺が物騒になっているのかもしれないな」

オーク以外の魔物の臭いを嗅ぎ取り、アネットは険しい顔になった。早く森から出た方が良さそうだ。

ザラ作戦参謀からはすでに戦いは終結したと連絡を受けている。

「あなたたちはどこの村から来たの？」

「アイレの村だよ」

「ではそこまで送っていこう。私たちがいれば魔物も手は出さないだろうからな」

姉妹と手を繋ぎ、クレイシアとアネットは村への道を戻る。陽の光は雲に隠れ、森には暗い影が落ちていた。

◆◆◆◆

太陽が昇り朝の光がヴィクトール王国を照らす。王城に城壁、城下町、人々の日々の営みを黄色とオレンジの陽光が彩った。

名君と呼び声が高いヴィクトール王の治める国は、常にベヒーモスという脅威に晒されている。

だが、王国の民も踏みにじられるだけの弱者ではない。生きとし生けるものの天敵、魔物とは一線を画す怪物を屠るために、騎士団・特務部隊が設立されたのだ。

一見すると宿屋や酒場と変わらないシンプルな建物、レンガ造りの家屋が特務部隊の本部である。

本部の二階、作戦参謀室にクレイシアとアネットは呼び出されていた。部屋の中には長机があり、椅子にスタイルのよい女性が腰掛けている。

「二人とも先日のオーク討伐任務ご苦労様です。少女のご両親からワインの寄付がありましたよ。アルコール度数が高いのであなたたちにはまだ早いかもしれませんが」

ハキハキとした声でしゃべるのは、特務部隊の作戦参謀、ザラ・アフェイルだ。

種族は人間、栗色の髪をサイドポニーテールに束ね、丸眼鏡をかけている。胸は豊満で制服を押し上げ、ネクタイが乗るほどだ。

特務部隊の頭脳と呼ばれる彼女は、広い視野と頭の回転の速さで多くの騎士たちの窮地を救ってきた。

《ヴィジョン》の魔法で二人に指示を出していたのも彼女である。

「ザラ作戦参謀、新たな任務でしょうか？」

「はい、その通りです。戦いを終えたばかりのあなたたちにお願いするのは、いささか心苦しいですが」

アネットの問いかけに、緊張した面持ちでザラは言葉を続ける。

「ハーラルト大臣に亜人虐待および虐殺と、大量殺戮兵器の所持の疑いがかかっています。あなたたちにはその調査をお願いしたいのです」

「えっ⁉　それって……」

ハーラルト大臣はヴィクトール王国で、国王の次に地位の高い人物だ。

人体実験や国王が保護している亜人を虐げているなど、前々から黒い噂は絶えなかったが、賄賂や献金レベルではない大犯罪にクレイシアは言葉を失う。

「アネット、どういうことなの？　悪いことしてるってのはわかるんだけど頭がついていいかなくて……」

「一言で言えばテロを企てているということだ。――ザラ作戦参謀、私の勘ですが大量殺戮兵器とは人造魔族《イービルロイド》ではありませんか？」

「……詳しいですね。イービルロイドのことは極秘で騎士団でもごくごく一部の人間しか知らないはずですが」

「昔色々ありまして、知識だけは」

アネットは自分の身体を抱きしめるように、腕を抱える。いつも気丈な容貌に暗い影が落ちていた。

クレイシアは心配そうにアネットを見つめる。

「イービルロイドはベヒーモスよりも危険な存在なんですか？」

「生命力ではベヒーモスに遠く及びませんが、攻撃の出力はベヒーモス並み。数が多ければベヒーモスよりもずっと手強い相手です。私は直接戦ったことはありませんが、交戦経験のあるゼップ隊長が言うなら確かでしょう」

特務部隊の隊長、ゼップ・エンデは『最強生物』と称されるほどの戦闘力を持ち、多数のベヒーモスを一人で相手取る実力者だ。次期の騎士団長ではないかという噂もある。

その彼が手強いと評価する殺戮兵器の存在に、クレイシアは生唾を飲み込んだ。

「大臣は最近マーベル地方に不自然なほど多く足を運んでいるそうです。今もそこへ外遊で向かっていると情報が入っています」

「マーベル地方ってウッドエルフ族が住んでいる迷いの森がある場所ですよね。疑惑が本当だったらそこにいるかも」

「調査任務ですがもしイービルロイドと戦闘になった場合、実力の高いあなたたちが適任だと考えました。引き受けてくれますか？」

「了解！　任せてください！」

「了解しました」

いつもより声色が暗いアネットにザラは不安を覚えたが、それ以上言及することはなかった。

(引き継げる人員がいればいいのですが仕方ありませんね。大きなトラブルが起こらないことを祈るしかありません。早く情勢が落ち着けばいいのですが……)

二週間前。全騎士団のトップ、ヘンドル騎士団長が貴族連続殺人事件の犯人だと判明し、処刑された。

事件によりヴィクトール王国の情勢は大いに乱れ、各地でレジスタンスの活動が活発化。特務部隊もベヒーモスより人間相手の任務に駆り出されることが増え、腕のよい騎士は各地に出払っている。

騎士団すべての部隊が今、人手が足りない状況にあるのだ。

「あっ……。もし、大臣がなにかしている現場に居合わせたら、その――」

「名前は明かせませんが、情報を提供してくれた方が責任を取ると仰《おっしゃ》っています。騎士としての役目を全うしていいと」

つまり、今回の任務に王国でも要職の人間がかかわっているということだ。最悪の場合、大臣の命を奪うことも厭わないのだから。

「任務は明日の早朝からです。今日はゆっくり身体を休めてください」

「わかりました」

「お言葉に甘えます」

クレイシアとアネットは一礼すると、作戦参謀室を後にした。

「大変な任務を任されちゃったわね。この国どうなっちゃうんだろ」

「疑惑のままで終わることを願いたいな。もし事実なら隙を見て大臣を拘束し、帰還しよう。後のことは司法に任せればいい」

「アネット、なにか無理してる？　いつもと感じが違う気がするんだけど」

「ここのところ任務が多かったからな。少し疲れているのかもしれない。心配するな、お前の足を引っ張ることはしない」

「……うん。わかったわ」

本当のことを話してほしい気持ちを飲み込み頷く。アネットは時々心ここにあらずという様子で、遠くを見ていることがあった。

瞳にはどんな任務でも見せたことのない怒りの感情が浮かび、話しかけることができなくなってしまう。

今もまたそれと近い状態にあることを、クレイシアは感じ取っていた。

「ねえ、一緒に銭湯へ行かない？　しばらくシャワーも浴びられそうにないし」

「いいな。では仕度をして本部の前に集合しよう」

自室に戻り、手早くお風呂セットを用意する。二人は束の間の休息を楽しむため、城下町へ繰り出した。

◆◆◆◆

ヴィクトール王国・城下町。

二人が広場を通りかかると、人だかりができているのが見えた。民衆はなぜか一様に高台のある方向を見つめている。

「なにかあったのかしら」

「……ッ！　クレイシア！」

「あっ！」

クレイシアとアネットは民衆と同じく、一斉に頭《こうべ》を垂れた。広場を見下ろす高台に立つ人物はヴィクトール王国の統治者、ヴィクトール王だ。

豪奢な金の王冠を被り、大柄で白くフサフサした口ひげを生やしている。服装は赤を基調にしたダブレットを身に着け、眼光は鷹のように鋭い。

「皆の者、よく集まってくれたな。息災でなによりだ」

拡声器を通して、落ち着いた渋い声が響き渡る。国王は単なる飾りという国も多いが、ヴィクトール王から感じるカリスマ性は本物だ。

すぐ後ろには近衛部隊のドミニク隊長が控えている。

「ヘンドル元騎士団長の事件により、皆が不安に思うのも無理はない。また、騎士団に対する不信から、ベヒーモス討伐を目的とする特務部隊に対する不要の声もまた、儂の耳に入ってきておる」

瞳に憂いを滲《にじ》ませながら国王は言葉を続ける。

「それでも、これから言うことはわかってほしい。特務部隊は日夜、ベヒーモスと命を懸けて戦っている。もちろんベヒーモスの存在を疑う者もいよう。しかしヤツらの存在は儂が保証する」

「……でも、誰も見たことないんじゃ？」

一人の男がぼそりと反論する。騎士であれば誰しも存在を疑わないが、一般の民衆だとそのような感覚なのだ。

「見たことがないから眉唾だと思うか。確かに気持ちはわかる。じゃが、見たことがないのは特務部隊が命懸けで食い止めている証拠でもあるのじゃ。よって特務部隊並びに騎士を卑下することは止《や》めてほしい。儂からの願い、聞き入れてくれぬかの」

国王の演説は民衆の心を打ち、不満は沈静化していった。まだ疑っている者もいるが、事態は一応の収束を迎えた。

人だかりは解散し、民衆はそれぞれの仕事に戻っていく。

「すごいものを見ちゃったわね。国王様の演説なんて初めて聞いたかも」

「あまり民の前には姿を現さないお方だからな。だがあの威厳と人の心を動かす力は本物だ。騎士の一人として仕えられて良かったと思う」

クレイシアとアネットは騎士としての誇りを胸に、広場を後にしようとする。

「ふんっ、調子のいいこと言ってくれるぜ。あんたの本心をこいつらに聞かせてやったらどんな反応をするんだろうな」

隣にいた男が皮肉混じりに呟いた。大柄なエルフで金髪にバンダナを巻いている。クレイシアはむっとしながら男に食ってかかった。

「なによあなた。国王様の演説が気にいらないわけ？」

「外面が良くても人間色々あるもんさ。聞き心地のいいトークに騙されない方がいいぜ」

「その発言は聞き捨てならないな。私たちは王に仕える騎士団の一員だ。これ以上侮辱するつもりなら剣を交えることも覚悟しておけ」

二人の雰囲気が一気に剣呑なものになる。今にも腰の剣を抜きそうだ。

「おいおい、そう怒るなよ。元々ただの独り言なんだぜ？　マジギレされても困っちまうって」

「それはそうだけど……」

「私たちと事を構える気はないというのだな？」

「もちろんだ」

金髪のエルフ男は大袈裟な動きで首を縦に振る。そのコミカルさにクレイシアとアネットも緊張を解いた。

「ごめん。いきなり絡んで悪かったわね」

「すまない。私からも謝る」

「いや、俺も騎士様に聞かれてるとは思わなかったからな。これで手打ちにしてくれ」

そう言って男は猫のキーホルダーを二人に手渡した。モコモコしたフェルトの可愛らしいデザインだ。

「へー、可愛いわね」

「倉庫の余り物だから金は気にしなくていいぜ。仕事柄いろんな物品を扱うんでな。じゃ、俺はこれで」

手をヒラヒラと振って金髪のエルフ男は去っていった。

「なんか変わった人だったわね」

「うむ。なんの仕事をしているんだろうな」

キーホルダーを鞄に着け、二人も広場を後にした。

◆◆◆◆

「ここも久しぶりね」

「戦い続きで前に来たのが大昔のように思えるな」

銭湯に到着したクレイシアとアネットは受付で入浴料金を払い、更衣室に入った。服を脱ぎ、クレイシアはピンクの下着、アネットは白の下着姿になる。

ブラジャーが柔らかな乳房を持ち上げ、パンティがキュッと双臀を引き締めている。

「今の時間はわたしたちしかいないんだって」

「そうか。なら気にすることもないな」

アネットはロンググローブとタイツを脱ぐと、鈍色に光る両腕、激しい火傷の痕が残る両脚を晒した。幼い頃に手足に大怪我を負った彼女は、義手を着け、火傷痕を隠して生活している。

動作に問題はないものの、他人に機械の腕や赤みを帯びた生足を見せることをためらっていた。この姿を見せるのは特務部隊でも親しい仲間だけだ。

二人は下着を脱いで生まれたままの姿になると、浴室の扉を開いた。

「やっぱり広いお風呂っていいわね」

洗い場には風呂桶と風呂椅子、シャワーが並んでいる。浴槽からは湯気が昇り、温かそうなお湯で満ちている。

特務部隊の騎士は多忙で、入浴をシャワーだけで済ませることも多い。二人は身体の汚れを落とすと、浴槽に肩まで浸かった。

「あー、生き返るって感じだわ」

「ああ、気持ちいいな」

手足を伸ばし、ゆったりとお風呂を堪能する。ほどよく身体の力が抜けると、アネットはクレイシアに肩を寄せてきた。

「どうしたの？」

「いや……また大きくなったと思ってな」

まるでビーチボールのごとく湯舟に浮かぶクレイシアのおっぱい。Ｉカップのメロン巨乳にアネットの視線は釘付けだ。

彼女が身動《みじろ》ぎすると、二つの肉球がプルンっと波打った。

「も、もうヴィオラみたいなこと言わないでよ！　アネットだって大きいじゃない」

「ちょっ、直接触るのは反則だぞ！　あうっ、ああんっ！」

お返しとばかりにＦカップの美巨乳が、ムニュムニュと揉まれる。まるでマシュマロに指を沈めるような感触は、同性のクレイシアでも虜になる。

「そっちがそのつもりなら私だって！」

「んうっ、やぁあああっ！」

アネットもおっぱいを揉んで反撃する。たわわな肉果実がバルンッバルンッと迫力満点に弾んだ。

浴室にエコーのかかった甘い声が響く。

「そ、そこまでだ！　一時休戦！　今からお互い胸のことはノータッチにしよう。これ以上やるとなんだかヘンな気分になってしまいそうだ」

「そ、そうね。今はお風呂を楽しみましょう」

はしゃぎすぎておかしくなった空気を戻すため、二人は改めてお風呂に肩まで浸かった。しばらく天井から落ちる水滴の音だけが浴室に響く。

「……みんながいないと静かだな」

「本部にいた時は騒がしくて、プライベートもなにもないって感じだったけど、いないと寂しいわね。ファルケとクリフはゼップ隊長とレジスタンスの討伐。イライザも魔物を狩りにいくって言ってたわね」

「ヴィオラはいつものように秘密の諜報任務。ミネルバも近衛部隊から特務部隊へ異動すると聞いている。またみんなで揃いたいものだ」

湯舟を眺めていると仲間たちの顔を思い出す。僅《わず》かなミスが死に直結する騎士の世界で、騎士団学校からのメンバーがまだ残っていることを嬉しく思う。

もう二度と会うことのできない仲間もいるのだから。

「今回の任務も絶対生き残るわよアネット」

「もちろんだ。クレイシア」

二人はガシッと手を組む。その時、浴室の扉が開き、聞きなれた二人の少女の声が聞こえてきた。

「おっ、クレイシアとアネットじゃねえか。まだ生きててくれて嬉しいぜェ」

男勝りな口調で舌なめずりをするのは特務部隊の戦友、イライザ・レイブルグだ。種族はエルフ、赤い髪をセミロングに揃え、形の良いCカップのバストを自信満々にさらけ出している。

素行の悪さから騎士団学校始まって以来の問題児と言われているが、野性的な勘とナイフの腕は一級品。本気で戦いを挑んで敗北した後、クレイシアのことを慕っている。

「相変わらず仲がいいッスねお二人さん。もしかしてデキてるんじゃないッスか～？」

もう一人は特務部隊の諜報担当、ヴィオラ・アルファーノだ。種族は人間、黒のショートヘアで右目を隠している。

子供のような身体つきで肌は褐色、胸はつつましいAカップ。テンションの高いお調子者だが、いつも飄々《ひょうひょう》としていてつかみ所がない少女である。

「もうっ、からかわないでよヴィオラ」

「二人とも任務が終わったのか？」

「おう。人を丸呑みにする蛇が村に出るっていうからブッ殺してきてやったぜ」

「こっちはまだ途中ッスね。もー、レジスタンスがあっちこっちで密談してて、なにをやらかすか調べるのも大変ッスよ」

イライザとヴィオラも浴槽に入り、クレイシアとアネットに肩を寄せる。そして、瞳をキラリと光らせた。

「クレイシアさんのおっぱいばっかり揉んでたけど、こうやって見るとアネットさんのおっぱいもいいッスね。揉みごたえがありそうッス」

「ここんとこ見てなかったけどまた大きくなったんじゃねえか？　ちょっと触らせろよ」

「ま、待ってくれヴィオラ！　さっきそれはやらないことに決めたばかりで……ん、あううぅっ！　ひゃう、あぁん！」

「も、もうイライザまで！　はう、んううううぅッ！」

色っぽい声が上がり、おっぱいがダイナミックに弾む。クレイシアとアネットは顔を真っ赤にして身体をくねらせた。

「くっ、私が揉まれてばかりだと思うなよ！」

「お、反撃ッスか？　簡単には捕まらないッスよ」

「んんう、ああんっ！　そっちも揉んじゃうわよ！」

「へへ、いいぜェ」

水飛沫《しぶき》が舞い上がり、少女たちの肌を魅惑的に彩る。ひとしきりはしゃぎ終わると、最近の任務の話になった。

　イライザが武勇伝を語る。

「――で、その盗賊の首を斬り飛ばしてやったってわけだ」

「相変わらずね。戦うのが好きなのはいいけど死なないでよ」

「ハッ、人間相手なんてお遊戯みたいなもんだろ。やっぱべヒーモスと戦《や》らねえとゾクゾクしねえよ」

　べヒーモスは特務部隊の騎士でも《ヴィジョン》の力を借り、複数人で戦わなければならない強敵だ。

　数多《あまた》の騎士が屍《しかばね》を晒し、クレイシア、イライザも初陣では緊張から力を発揮することができなかった。

「アネット、あんたならわかんだろ？　そんなに強いんだしよォ」

「どのような相手であろうと戦いを面白いと思ったことはない。悪いが同意できないな」

「クールッスね。そういえば初めてべヒーモスと戦った時もビビッてなかったって聞いてますよ。なんか経験とかあるんスか？」

　ヴィオラに訊ねられ、アネットは自身の体験を語り始めた。

「騎士団学校に入る前にべヒーモスを倒したことがある。そういう意味ではみんなよりも経験はあるかもしれないな」

「えっ、そうなの⁉」

「マジかよ。初耳だぜ」

「私を戦えるようにした男に仕向けられたんだ。もっともそのベヒーモスは小型の個体で、戦闘に消極的だったから騎士なら誰でも勝てると思う。あの時は自分の怒りのぶつけ先を探していて、少々やりすぎてしまったがな……」

瞳に暗い影を落としながらアネットは淡々と語る。クレイシアは彼女と過去にかかわっていた男のことが気になったが、それ以上訊くことができなかった。

彼女が発する気配が重石のように、その場を支配していたからだ。

「ま、まあせっかくのお風呂で仕事の話ばかりしててもつまんないッスよ！　美味しいスイーツのお店とか女子トークしましょう！　女子トーク！」

「はぁ？　んなもん興味ねえんだけど」

「いいじゃないイライザ。たまにはそういうのも、ね？」

「そうだな。私も聞きたい」

ヴィオラが話を戻し、四人は穏やかな時間を楽しんだ。この世界に生きていれば誰でも重く暗い過去の一つや二つはある。

それでも皆、今この時だけは普通の女の子に戻れた気がした。

第一章　ミミックの罠

「うわ、本当に不気味な森ね……」

クレイシアとアネットは迷いの森の入口に到着した。グネグネと枝の曲がった木々がところ狭しと生い茂り、動物か魔物の遠吠えが聞こえてくる。

辛うじて見える自然歩道がなければ、誰も立ち入ろうとは思わないだろう。この森を越えてウッドエルフ族の保護区に向かい、ハーラルト大臣の疑惑の真相を確かめるのが今回の任務である。

「初めて来たけど、もう魔力の気配を感じるわね」

「ウッドエルフは魔法に長けていると聞く。彼らは人間を好まないし、なにか仕掛けがあるのかもしれないな」

「そうね。なるべく戦闘を避けて慎重に進みましょう」

二人は注意深く周囲を観察しながら先を急ぐ。地図を頻繁に確認するため進行スピードは捗らないが、仕方がない。

道中で一角馬《ユニコーン》やオークを見かけることがあったが上手くやり過ごし、道を見失わないように努めていった。

もし大臣が護衛にイービルロイドを使っているなら、戦いになる可能性もある。できる限り無駄な体力を使いたくない。

「気を張ってるからか疲労が早いわね……」

「日差しも強い。こまめな水分補給が必要だな」

枝葉の間から差し込んでくる太陽光がジワジワと体力を削る。二人は水筒を口に当て、水で喉を潤した。

そして二時間後――。

「おかしいな。ザラ作戦参謀にもらった地図と道が違う」

「貸してみて。…………ホントだ。ここは真っすぐ進むはずなのに道が分かれてる」

あるはずのない分岐に二人は戸惑う。

「どうする？　どっちか選んでみる？」

「いや、ここに来る前の分かれ道を間違えたのかもしれない。目印をつけて一度引き返そう」

手近な木に剣で×印をつける。森に入った時から、二人は十数分おきに印をつけながら進んできた。

童話でパン屑を落として目印にするように、迷わないための工夫だ。

しかし――。

「え、なんでここの分かれ道が三本になってるの。たしか二本だったはずよね？」

「私もそう記憶している。木の印もあるし間違えているはずがない。恐らくなんらかの幻惑魔法だな」

「やれやれ、余程よそ者を入れたくないみたいね」

すでに通ったはずの道が別のものに変わっていた。思わぬ足止めをくらいアネットは額に手を当て、クレイシアは嘆息した。

これでは大臣を追うどころではない。

「戻る道はわかるから、今日はトリシオンまで引き返して体勢を立て直した方がいいかもしれないわね」

「もう午後二時を回ったしな。この森では野営もリスクがある。そうした方が良さそうだ」

トリシオンはならず者たちが多い集落だ。けっして治安がいいとはいえないが、宿屋や酒場もあり、ここから向かうには一番近い。

二人は来た道を引き返す。その途中で、クレイシアは股間部に違和感を覚えた。生き物なら誰しもある生理現象だ。

（うう……おしっこしたくなっちゃった……）

初めは小さかった違和感がだんだんと大きさを増していく。ムッチリした太腿をもじもじと擦り合わせてしまう。

森の中が蒸し暑く、水を飲みすぎたのが原因かもしれない。

（ここを出るまで我慢したかったけどちょっと無理そう……ああ、もう！　このままじゃ漏れちゃう！）

膀胱が水風船のように膨らむイメージが頭の中に浮かんでくる。もう股間の耐久力も限界に近い。

キュッと尿道を引き締め、クレイシアは決断した。

「アネット、ちょっとお手洗いに行ってきてもいい？」

「もう少しだけ我慢できないか？　森を抜けた方が安全なのだが」

「ごめん無理。もう限界ギリギリって感じ……」

「わかった、ここで待っている。あまり離れないようにな」

クレイシアはアネットと別れると、小走りで茂みの中に入る。用を足すのにちょうどいい岩陰を見つけると、かがんでピンク色のパンティを下ろした。

じっとりした森の空気が露出した股間に触れる。

「んっ、ううぅ……」

やや朱色に頬を染め瞳を閉じて、クレイシアはいきむ。すぐに尿道口が開き、ショワアァーっと音を立てて黄金色の液体がアーチを描いた。

ツンッとアンモニア臭が香り、地面が濡れていく。

「はぁ……ふぁぁぁ……」

解放感から安堵の息を吐き、少女はうっとりと頬を緩ませた。ガニ股座りの股間がフルフルと震え、恥部がじんわりと気持ち良くなる。

水鉄砲のように激しく噴き出すおしっこの感覚で、頭の中はいっぱいだ。草にかかった薄黄色の雫がポトポトと音を立てて流れ落ちていく。

「ふぅ、スッキリした……あ、あれ？」

放尿が終わり目を開けると、クレイシアは違和感に気づいた。周囲の景色がガラリと、まるで違うものに変わっているのだ。

「どういうこと⁉　これも魔法⁉」

そう離れた場所に移動したわけでもないのに、来た道が消えている。茂みに入った時と同じ方角を見ても、アネットの姿は見えない。

「アネットー！　返事をしてー！」

大きな声で呼びかけるが返答はない。太陽も陰り始め、クレイシアの心が焦り出す。

そして、慌てて立ち上がろうとした彼女に、さらなる悲劇が襲い掛かった。パニックの隙を突き、岩のそばに転がっていた古い宝箱が開き、襲い掛かってきたのだ。

「ひゃうっ⁉　うそ……ミミック⁉」

宝箱の中から出現した触手がクレイシアの手足に絡みつく。

ミミックとは、財宝を装い冒険者を襲う触手タイプのモンスターだ。欲深く近づいた者は穴という穴を蹂躙《じゅうりん》され、種付けされてしまう。

蓋の裏側に巨大な一つ目玉があり、触手は吸盤のないタコ足のようで、ヌメヌメした粘液にまみれていた。

クレイシアは下着を下ろしたままM字開脚のポーズで、宝箱の中に引きずり込まれてしまう。

「くっ、放して！」

咄嗟《とっさ》に腰の剣へ手を伸ばそうとするが、触手のせいで腕を動かすことができない。そして、もし剣を手に取ることができたところで、この体勢では扱えないことにも気づいてしまう。

（これってマズいわよね。早くなんとかしないと）

ミミック自体はさほど強力なモンスターではないが、反撃すらできない状況に陥るなんて想像もしていなかった。

焦りで少しずつ心拍数が上昇していく。

「剣がダメなら魔法で……あうっ、うううぅうううううぅうぅうっっ⁉」

手に魔力を集め《アイス》の魔法を使おうとしたところで、集中力が乱れた。触手が尻タブをにゅるりと撫で回したのだ。

プップツと鳥肌が立ち、嫌悪感で悲鳴を上げてしまう。

ニュル……ジュル、ヌルル……ぺちょ、ズリュ……にゅりゅりゅりゅん。

「このスケベ触手……んうっ！　やあ、ああ……あうう、んくうううぅ……っっ！　ふあぁあああ……」

触手から滲み出るローションに似た粘液がクレイシアを苛《さいな》む。ナメクジが這《は》うような感触に、形の良いお尻が震えた。

そして、クレイシアの身体に変化が起こり始める。

（なにこれ……力が抜ける……それに身体が熱くなって……）

化粧水のように肌へ粘液が滲み込むと筋肉が弛緩し、指を動かすことさえままならなくなってしまう。

一方で身体の奥底から熱が湧き上がり、性的興奮を覚えてしまう。まるで自慰をしている時のように、欲情を抑えられない。

（そうだ……ミミックの粘液には媚薬とか獲物の力を奪う効果があるんだった。うぅ……知ってたのに）

騎士団学校で学んだ知識を活かせず、クレイシアは歯噛みすることしかできない。そうしている間にも肉体は昂《たかぶ》り、艶《あで》やかな唇から甘い吐息がこぼれる。

「あんた調子に乗りすぎよ……うう、あんっ、ひううううぅ……」

（せめてデバイスが使えればアネットを呼べるのに。お願いだから身体動いてよ！）

快楽と焦燥の狭間でクレイシアは煩悶する。任務に戻らなければならないはずなのに、ミミックに弄《もてあそ》ばれたいという欲望が心の片隅で疼《うず》く。

ルビー色の女陰《じょいん》は、薄っすらと湿り気を帯びていた。

「あ、んううっ!?　ま、待って！　そこはやめて！　いや……あああぁ……っくうぅううぅうウウゥウゥウウウッッ！」

無軌道に身体を這っていた触手が動きを変え、たわわに実った胸果実に集中する。Ｉカップのメロン巨乳に巻き付き、ムニュリと形を歪ませた。

螺旋状に引き絞られた乳肉がいやらしくたわむ。

「胸に触らないでこの変態！　うぅ……ひゃめ……ひゃあぁあああああぁ～～～～ん！へう、ああ～～～～～っっ！」

媚薬で発情したおっぱいをギュムギュムと愛撫されてしまう。自分の手で触れるのとはまったく違う、遠慮のないモンスター手淫。

揉まれている内に衣装がズリ下がっておっぱいがこぼれ出し、大きすぎる肉毬をプルンッと弾ませた。知性のないミミック相手でも露出した胸を見られることは恥ずかしく、可憐な細面がリンゴのように赤味を増した。

むにゅ、ムニュムニュ。くにゅ、フニュニュニュン。ムむに、ムニムニムニ。

「胸ばかり揉むなぁ……ひぐ、んううう……きゅううううっぅ……っっ！　んくっ、乱暴に触らないで！　あうううぅぅうううううっっ！」

触手の圧力が強くなるたびに、クレイシアは悲鳴を奏でる。乳房の根本から先端まで順番に力を込められると、背筋が電撃を流されたようにビクついた。

涼やかなうなじを汗の玉が伝っていく。

「あぐ、うう、くうううぅ……っっ！　あ、あああっっ！　いや……そこは敏感なの！　弄《いじ》らないで……ンッ、きゅうううううぅぅ～～っっ！　おぅ、へああぁあああああああっっ！」

細い触手が乳首に巻き付くと、コリコリと扱《しご》き始めた。媚薬で発情した性器でも敏感な部分を責められ、先ほどよりも大きな声が出てしまう。

モンスターに愛撫されているのに、胸の奥が痺《しび》れてしまう。

「先っぽばかり弄らないで……ぐっ、あああう……ハァハァハア。んんっ、ふぐうっ、あんうううぅぅうううう……」

桜色の突起を細触手が丁寧に擦る。ピリピリした感覚が乳輪にも広がり、頬が熱くなっていく。

弄られるたびに乳頭が硬くなり、小石のように痼り立った。

(胸触られるの気持ちいい……もっと弄ってほしい……ってなに考えてるのよ⁉　今はハーラルト大臣を追う任務の最中でしょ。早くアネットのところに戻らないと……んん、胸せつないぃ……)

特務部隊としての使命、騎士としての誇りが乳頭快楽によって上書きされてしまう。頭の中がボウッとしてしまい、冷静な思考ができない。

武器も魔法も封じられたエルフの女騎士は、触手悦楽に溺れていく。

コリコリコリ。コリコリコリ。コリコリコリ。クリクリクリクリ。

「えう……ああ、っ……くうううぅうっっ！　激しくするのダメ……ああ、あああ、ふあああぁあああああっっ！　胸がおかしくなっちゃうからぁ……きゃう、んきゅウウウウウウゥゥ〜〜〜〜ッッ‼」

乳首頂点を重点的に責められると、喘《あえ》ぎ声を止められなくなってしまう。普段ならこそばゆく感じるような触れられ方でも、今のクレイシアには劇薬だ。

尖った触手の先端でクリクリと弄られるたびに、乳首が硬く勃起《ぼっき》する。服と一緒にズリ下がったブラジャーに、メスの恥汗が滴り落ちる。

まだオマンコを弄ってもいないのに、イキたくてたまらない。

(本当にヤバいわね……このままじゃイカされちゃう！　ていうかなんでミミックがこんなに上手なのよ⁉)

野生のモンスターとは思えない巧みな愛撫で、サウナに入ったように身体が熱くなる。胸の疼きは一分ごとに強まり、双乳がいやらしく弾む。

胸でイクことしか考えられず、思考が支配されていく。

「あう、くあああああ……きちゃう……せつないのが胸にきてる……あぐ、くうううぅ～～～～～～っっ」

瞳を閉じ押し寄せる快楽に抗《あらが》うクレイシア。下等なモンスター相手に感じるなど、騎士として恥ずべきこと。

そう頭ではわかっているのに、胸を揉まれるだけで甘い声を漏らしてしまう。媚薬によって獣のように発情した肢体から、メスの匂いが香っていく。

（もう無理……イッちゃう……胸にきちゃうっっ！）

乳房と乳首の同時責めで、燃えるような淫熱《いんねつ》が豊満なバストを直撃する。呼吸や僅かな身動ぎさえも心地よく、意識が天へと昇っていく。

ピンク色の乳頭はイチゴのように勃起し、ピクピクと蠢《うごめ》いていた。

むにゅ、ムニュムニュムニュ！　グニュ、にゅこにゅこにゅこ！　くり、クリクリクリクリクリ！

「ひゃうううううぅうぅぅうぅっっ！　胸強く揉まないでぇ……ああ、アアァアアアアアアァアァアアアアアッッ！」

クレイシアの限界を感じ取ったのか、触手が乳愛撫のスピードを速めた。パンをこねるようにIカップの巨乳がたわみ、形を変える。

爪の先で引っかかれるようなこそばゆさと快美が乳首を悦ばせ、少女の秘めたマゾヒズムを覚醒させる。

すべてが限界に達した時、クレイシアは絶頂した。

「イク……あああ、んううぅぅうううううぅぅっっ！　イクイク……いくウウウウウウウウウウウッッ！　はう、ンぁああぁぁああああああっっ！」

森に響き渡るような嬌声《きょうせい》を張り上げ、おっぱい愛撫で達する女騎士。瞳は蕩《とろ》け頬は紅潮し、ミミック相手にメスの顔を晒してしまう。

巨大な二つの膨らみがブルンッブルンッと弾み、達した衝撃で背筋が震えアーチ状にのけ反る。

粘液のヌルついた不快さも今は気にならない。

（くうぅ、胸でイカされるなんて屈辱だわ）

絶頂の波が引くと強烈《きょうれつ》な羞恥が襲い掛かってくる。自分の油断と不甲斐なさに、クレイシアは唇を噛んだ。

だが、彼女はまだ気づいていない。

本当の恥辱はこれからだということに。

「あうっ！　いや……そこやめて……」

胸を揉みしだくことに飽きたのか、ミミックは陵辱する部位をお尻に切り替えた。大きく安産型のヒップに触手がまとわりついた。

お尻や太腿が粘液でベトベトになっていく。

「ああ……んん、んうううぅ……スケベおやじみたいなことしないでよ……っっ！　う、うう、くうぅぅ……はぁ、あああああ……」

媚薬の発情効果が桃尻を伝って恥部にも浸透する。オマンコから愛液が滲み出し、アナルがヒクヒクと開閉を始める。

白くなだらかなヒップラインが性器のように昂った。

「あううぅ……お尻撫でるなぁ……はう、えううぅ、っ……くウウウウウゥ〜〜〜〜ッッ！　あううう」

触手が這うように双臀を撫でると、メス猫のような声を出し身体をビクつかせてしまうクレイシア。

アネットやヴィオラとお風呂でじゃれあった時の、何十倍もの快楽が脳天を直撃する。今おっぱいでイッたばかりなのに、早くも次の絶頂を待ち望んでしまう。

「くぅぅ……気持ち悪いわね……んむ、ふぁぁ……あんうううぅ……くっ、いい加減飽きなさいよ！　くぅ、ひゃあああん！」

言葉は気丈でいても、押し寄せてくる快楽の波に意識をかき乱されてしまう。身体の火照りはますます強くなり、心臓の鼓動が早まる。

鎧や衣服を伝い染み込んだ粘液は拭うこともできず、発情状態が終わらない。そして快楽に悶えるクレイシアに、最悪のピンチが迫る。

「んっ、え……待って。うそでしょ……？」

触手の動きがお尻を中心にしたものから、股間へと移ったことがわかった。恐ろしい予感に可憐な容貌が青ざめる。

ミミックは異種族相手に平気で種付けをするモンスターなのだから。

「いやっ、やめて！　そこだけはダメ！」

力の入らない身体で必死に触手をふりほどこうとするが、やはりできない。股下には男性のペニスのような触手が蠢き、割れ目を擦っていた。

媚薬がたっぷり混じった粘液が秘部を濡らす。

（また中に出されるなんて許せない！）

クレイシアの脳裏に耐え難い屈辱の記憶が蘇った。

初めての任務に赴いた際の黒歴史。あの時の精液の熱さ、感触、匂いがトラウマとなって、凄まじい嫌悪感が身体を襲う。

呼吸が不規則になり、冷や汗が止まらない。逃れようと身体に命令するものの、筋肉がこわばって思うように動いてくれない。

「っ……いや放して！　それ以上やったら許さないわよ！　んううううぅ……あううううぅ……」

触手がガバッと大きく股を開かせ、クレイシアの秘奥《ひおう》を露わにする。恥丘には一本の陰毛も生えておらず、新雪のような透明感を誇っていた。

蜜穴はまだ男を知らないかのように鮮やかなピンク色だが、陰唇も膣穴もすでに愛液でベトベトだ。その上にあるクリトリス包皮が剥《む》けて勃起し、真珠のような光沢を放っていた。

男性が見れば感嘆のため息を漏らすであろう魅惑の花園。官能と美しさを兼ね備えた淫花が今、触手に汚されようとしていた。

（うぅ、当たってる……最悪……）

キノコ型の触手が薄く開いた蜜穴にピッタリと密着する。挿入の予感にゾクリと肌が粟立ち、恐怖で瞳が見開かれる。

必死にオマンコを締め挿入に抗おうとするが、無駄な抵抗だ。狭い肉口が少しずつこじ開けられ、ついにその瞬間が訪れた。

ズチュ、ずぐぐ……ズブブブウウウウゥ～～ッッ！　グポ、ズズズ、ぐぐぐウウウウウゥゥ～～～～ッッ!!

「ひぎいいいいいいいいいいいぃっっ！　はう、うううぅっっ!?　あぁぁあああああぁあああああ――――っっ！」

膣壁《ちつへき》を押し広げながら太い肉槍が押し入ってくる。強烈な異物感と共に身体が拒否反応を示すが、すぐにそのことを考える余裕もなくなった。

触手亀頭が子宮奥に近づきだしたのだ。

（お願いだからやめて！　やめてよぉ……）

特務部隊に所属し、ベヒーモスと死闘を繰り広げる女騎士でも、モンスターに犯される恐怖には抗えなかった。

凛々しい双眸《そうぼう》から涙の雫が伝い落ちていく。ここから逃れる奇跡を期待するクレイシアだが、現実は無情。

ミミックは欲望に従い、奥へ奥へと進んでいく。

「あぁアアァアアアアアアアアアアアアアッッ！　ぎい、いあぁあああああ

ああああああっっ！」

絶望と苦痛でここまでのどれよりも大きな悲鳴が上がる。膣壁が限界まで拡張され、鈍い痛みが頭の芯まで響いてくる。

人間のペニスとは比較にならない太幹の熱が、脈打つ血管から伝わってきた。恥ずかしくて悔しくて頭の中はもう滅茶苦茶だ。

「んん……いや、動かないで……もうやめてよ！　ぐっ、あううう……クウウウゥ……ンうううううぅ……っっ！」

初々しい膣肉をかき分け、触手はゆっくりとピストン運動を開始した。大きく傘の開いた亀頭が前後に動くと、鈍い痛みが股間に広がっていく。

まるで身体を別のものに作り替えられるような感覚。激しくされているわけでもないのに、視界がパチパチと点滅する。

「くうううぅ……痛いわね……女の子には優しくしろって教わってないわけ？　あうっ、んぐううううぅ……っっ！　はぁ、あああ……うううぅ」

オマンコの中を触手が動くたびに、クレイシアは苦しそうに呻《うめ》いた。無理やり犯されるセックスに気持ち良さなどなく、不快な痛みだけが続く。

まるで機械のように単調な抽送《ちゅうそう》も神経を逆なでした。これならまだ人間相手に犯された方がマシだと思わずにはいられない。

しかし、その状況も挿入から三分が過ぎたところで変わり始める。

「んんうぅっ、あうっ、ああっ……はぁああぁぁあああん！　え、なんで……んむ、んぐううう……あふうううううぅ～～んっっ！」

(痛みがなくなってアソコがゾクゾクしてる。なんなの、この感じ……)

媚薬粘液によって挿入された痛みがやわらぎ、だんだんと快楽に変換されていく。単調で膣肉を割り開くピストンも、今はそう不快ではない。

むしろ股間が熱くなり、トキメキさえ覚えてしまう。

「んぅ……あううう……くううぅぅうっっ！　はぁ、あぎうううぅ……っっ」

(アソコがドキドキする。こんなので感じたくないのに……)

屈辱に耐える心とは裏腹に、クレイシアの肉体はメスになっていく。オマンコ肉だけではなく、乳首もクリトリスもフル勃起し、他人から見ても感じているのは明らかだ。

「くぅ、うぅ、あぅぅ……っっ！　はう、ひゃぁぁ……っくうううううぅぅっっ！　それ以上動かないで……ハァ……ハァハァハァ……」

(媚薬のせいでまたこっちも感じちゃってる……熱くておかしくなる)

こなれてきた膣壁が快楽を受け入れ、ジワジワと淫熱が湧き上がってくる。粘液がローションの代わりを果たし、時間が経つごとに抽送がスムーズになっていく。

愛液も泉のごとく溢れ出し、股間から奏でられる水音も大きくなっていった。胸で感じた絶頂感を、再び求めてしまう。

ズチュ、ズチュ、ズチュチュン！　パチュ、パチュ、パンパンパンパン！

「はっ、はうぅっ！　ふう、んふうううぅぅぅ……っっ！　触手なんかで気持ち良くなるわけないのに……ひっ、うひいいいいぃいいっ！　アソコが燃えちゃう……あ、ああ、速くなってる……ダメ、そこはダメなんだって……んんっ！　ああああああああああああああああ――っっ！」

ミミックが触手ピストンを加速させ、卑猥《ひわい》な抽送音がどんどん大きくなっていく。媚薬で蕩け切ったオマンコがそれに耐えられるはずもなく、亀頭が奥に打ち付けられるたびに、甘い嬌声を響かせずにはいられない。

クレイシアはカッと目を見開き、無意識のままにカクカクと腰を振った。心の鎧が淫悦によって剥《は》ぎ取られていく。

「あうっ！　ううっ！　はうううううううぅ……っっ！　触手すごい感じちゃう……はぁ、あああ、くぅぅ～～～～～～っっ！」

（触手のおチンポが奥にきてる……わたしの大事なところに当たってる……）

亀頭が子宮口をノックすると、大きな声が出てしまう。ズチュズチュと膣壁をほぐされ、女の部分を刺激される快感に、何度も身体を反らしてしまう。

抜かれることが嫌だと触手ペニスにまとわりつく、自分のオマンコ肉が情けない。幾筋も引く透明な糸は、もう粘液か愛液かわからなかった。

「あひっ、ひいっ、いいいいいぃ……ク、ひゃァァんっっ！　も、もう許して……アソコがおかしくなっちゃうから……あう、ウウウウウウウウゥゥッッ！」

人間とは違いけっして疲れで止まることのないピストンが、クレイシアを徹底的に追い詰める。子宮口はザーメンを受け入れようと口を開き、淫熱がさらに昂る。

「ぐひっ⁉　んくうううううぅっっ⁉　触手を回転させるのは反則でしょ……お、おぁあああああああああああっっ！　ゴリゴリするのやめてェエエエェエエエエエエッッ!!」

卵を泡立てるように回転する触手が、オマンコの中を滅茶苦茶にかき混ぜる。膣肉の凹凸によって、グジュグジュとリズムの違う新たな淫音が鳴り響く。

本来なら痛みを覚えてもいいはずなのに、最早心地よさしか感じられない。身体が燃えるように熱く、ひんやりした触手ペニスを嬉しく思ってしまう。

（ま、またイッちゃう！　もうアソコ限界……）

圧倒的な快美に意識が屈服する。壊れた人形のように全身が痙攣《けいれん》し、絶頂への階段を駆け上っていく。

そして、クレイシアは触手セックスで膣イキを迎えた。

ずちゅ、パンパンパンパン！　どちゅ、ズチュンズチュンズズチュンッッ！

「──────ッッ!!　あ、アァアアアアアアアアアアアアアッッ！　あう、ううう……イク……イクウウウウウウウゥ～～～～ッッ！」

白目を剥き唇を尖らせながらクレイシアはアクメする。視界が白く染まり、鼻の奥がツンと熱くなる。

子宮に快美電流が直撃し、打ち上げられた魚のごとく腰が跳《は》ねた。特務部隊騎士の凛々しい容貌は、涎《よだれ》と涙でぐちゃぐちゃになっていた。

「あうっ、ううう……へあああ……」

言葉をまともに紡ぐこともできず、うわ言のように喘ぎ声をこぼす。膣穴からはプシュプシュと愛液が噴き出し、宝箱の底に溜まる。

（ミミックなんかに二回もイカされるなんて……身体が自由になったら覚えてなさい！　その触手、ぶった斬ってあげるわ！）

快楽の波が引き、理性の光が瞳に戻る。

クレイシアはまだ快楽に溺れてはいなかった。

（もう一度脱出する方法を考えて――――ッ、ンウウウゥッ⁉　そんな……まだ終わってないの⁉）

しかし、女騎士の思いなどまったく無視して、触手がこれまでと同じようにピストン運動を開始した。

アクメしたばかりの膣穴が容赦なく突き上げられる。

「あぐ、うううううぅっっ！　へう、ぐううう……イ、あイあぁぁあああああああああぁ――――っっ！」

喉が壊れるほどの絶叫が森に響く。再び膣穴を深く穿《うが》たれ、魅惑の痩身がビクンッビクンッと激しく跳ねた。

あまりの抽送の深さに意識が混濁する。

「おぐ、ぐううぅ……！　あ……ひぐうううううぅ……！」

（もしかしてまだ射精してないから⁉）

イッたのは自分だけでミミックは満足していないのではないかと、恐ろしい考えが頭の中をよぎる。

触手肉竿はビキビキとさらに幹を大きくして、膣内で暴れ始めた。メス壁との密着感が強くなり、快感が上昇する。

ズチュズチュズチュズチュズチュズチュッ！　ズチュズチュズチュズチュッ！

「ひぐうううううううぅっっ⁉　はぐ、ぐうううううぅ……ぐ、アアアアアアアアアァアアアァ――――ッッ！」

（こ、これ以上激しくしないで！　またきちゃう！　イッちゃうから！）

魔物らしい疲れ知らずのピストンで、クレイシアの精神力が一気に削られていく。すでに絶頂を味わった身体を、強制的に感じさせられる屈辱。

まるで大人の玩具のような扱いに怒りがこみ上げるが、すぐに犯される辱悦によって上書きされてしまう。

「ふぐ、はぐうう……ンあああああぁ――っっ！　も、もうやめて……もう無理だから……ハゥッ！　ふあアアアアアアァ――――ッッ！」

（エッチな音いっぱいしてる……恥ずかしいのに気持ちいい……）

触手亀頭がカウパー腺液と愛液を撹拌し、卑猥な水音が大音量で鳴り響く。指でするオナニーなどとは比べ物にならない快感が、脳天をビリビリと痺れさせる。

大股開きで膣穴もアナルもさらけ出している姿は痴女のようだが、もうそのことを意識している余裕すらない。

「ふぎ、あ……あ……あうううううううぅっっ！　おお、ぐ、あうううううううぅ――――っっ！」

（イッたばかりでまだ敏感なのにぃ！　いや、もう動かないで……！）

十分に感度を引き上げられた肉壺が、太幹で容赦なく磨かれる。喉がのけ反り、息苦しさに大きく口が開く。

「はぎ……ううう、イクううぅ……！　はぁ、あああ、アウあああぁあああああっっ！ほお、んうううぅ……ひゃうううううぅ～～んっっ！」

（触手がビクビクってしてる……もう出ちゃうんだ……。わたし道具みたいに射精に使われちゃうんだ……）

グロテスクな亀頭が肥大し、粘り気のある透明な汁が漏れ出ていく。子宮奥を叩かれるたびに快感が上昇し、瞳が上目遣いになってしまう。

最低なことをされているはずなのに、凛々しい容貌は蕩けメス犬のように媚びた表情を作っていた。

「あう、くっ、うううぅ……っっ！　ああ、ダメ……ダメぇ……！　はぐ、やあぁぁ……ひああああああぁっっ！」

（もう限界なんだ……きちゃう、アソコに中出しされちゃう！）

触手肉竿の脈動する感覚が短くなり、クレイシアは女性として射精のタイミングを感じ取ってしまう。

過去に犯された記憶が蘇り、オスの白く濁った欲望が解き放たれる瞬間を思い出す。そして、少女の回想に合わせるように、現実でも淫辱の証が噴き出した。

ドビュッ！　ドビュビュッ！　びゅく、ぶびゅくうううぅぅ――――ッッ！

「イク……イク、イックううううううぅぅ――――ッッ！　はう、くうううううぅうううっっ！　ふぁぁ、あったかい……♥」

ホットミルクのような心地よい熱がメス穴に広がっていく。どこまでも最低な存在に堕とされていくのに、身体は最高の快感を覚えた。

触手が引き抜かれると、ゴプリゴプリと白濁液が膣口《ちつこう》から溢れ出た。栗の花に似た胸の悪くなるような精臭が鼻を突く。

「はぁ……ああ、ああ……♥」

クレイシアは甘い息を吐き出し、虚空を見つめていた。乳首とクリトリスは勃起し、膣口もパックリと開いている。

女性として惨めすぎる姿だが、局部を隠そうとする気さえ起こらない。

「ひゃえ……え？　まって……まだやるの……？」

射精したばかりの触手肉竿が再び動きだし始めた。三度の絶頂で追い詰められた女騎士は、美貌《びぼう》を青ざめさせる。

「やっ……ああ、ああああ……！　うぎ、くううううぅ～～っっ！」

（もう無理……壊れる……わたし壊れちゃう！）

休みない快楽の連続攻撃に、クレイシアは失神寸前まで追い込まれる。しかし、ミミックがこれ以上触手をくねらせることはなかった。

少女の視界の端に青色のロングヘアが映ったからだ。

「クレイシア！　大丈夫か!?」

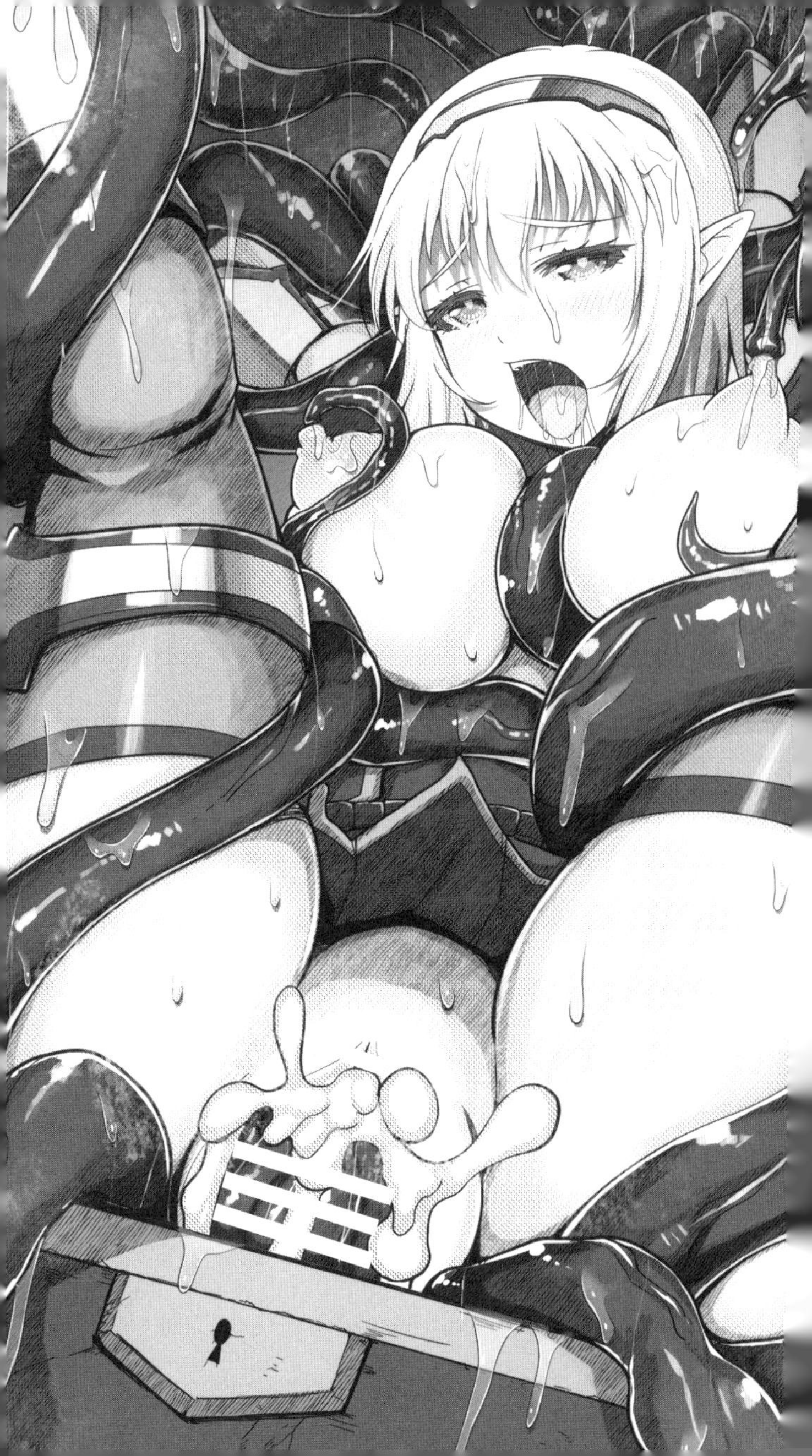

「あぅぅ……アネッ……ト？」

「待っていろ今助ける！　ハアアアアアアァァーッ！」

　駆けつけたアネットは宝箱ごと、クレイシアを一切傷つけることなく触手を切断した。

ピギャアアアーッと醜い悲鳴を上げミミックが息絶える。

「遅くなってすまない。あちこち捜し回ってようやく声が聞こえたんだ」

「わたしの声聞こえてたんだ……よかった……」

「気をしっかり持て。すぐにトリシオンまで戻るぞ」

「うん……」

　アネットが肩を貸し、クレイシアは覚束ない足取りで歩き始める。膣穴からは精液の残りが、まだ垂れ落ちていた。

　こうして屈辱と快楽にまみれた、任務の一日目が終了した。

第二章　身体を捧げる理由

ならず者たちの集落、トリシオン。当たり前のように殺人が行われ、宿屋でも酒場でも性風俗が横行している。

掘っ立て小屋がいくつも建ち並ぶ様子はスラム街を思わせる。アネットは疲弊したクレイシアを宿屋の個室に運び、ベッドで休ませていた。

個室にはベッド以外のものはなく、壁は穴だらけでカビ臭い匂いが鼻を突く。外では夜の暗闇に紛《まぎ》れスリが横行しているのか、叫び声と慌ただしく走る音が聞こえてきた。

「手間をかけさせてごめん。だいぶ楽になったわ」

「もう起き上がって平気なのか？」

「うん、もう大丈夫。任務があるのにのんびり寝てなんかいられないもの」

クレイシアはぐっと背伸びをすると、気丈に微笑む。精神的なダメージは魔法でも癒すことが難しい。

しかし、騎士としての矜持《きょうじ》が彼女を立ち直らせた。

「一度王都に戻るか？　身体に不調を感じるなら他の騎士と替わる手もあるぞ」

「それには及ばないわ。モタモタやっている内に大臣に逃げられるわけにはいかないもの」

残された時間がどれだけあるかわからない。クレイシアは心配ないと示すように、ベッドから立ち上がった。

「さっそく迷いの森を抜ける方法を考えましょう。このままじゃ保護区に辿り着けないし」

「あの幻惑魔法、やはりウッドエルフの手によるものか……？」

「こっちがヴィクトール王国の騎士だってことは見ればわかるし、ウッドエルフに妨害する理由はないはず。これってやっぱり……」

「大臣が追っ手を撒くためになんらかの方法で彼らを従わせている……か。もしそうなら最悪の事態だな」

調査対象は大量殺戮兵器を有するテロリストの疑いがある男だ。それが今回のことと結びつくと、最悪の事態を想像してしまう。

クレイシアとアネットは己の力不足に押し黙った。

「とにかく落ち込んでいても仕方がないわ。酒場で情報収集をしましょう」

「確かに幻惑魔法に詳しい者がいるかもしれないな。場合によっては金を払ってでも同行してもらおう」

二人は装備を整えると、酒場へ向かった。


「ウッドエルフか幻惑魔法に詳しい奴？　うちじゃ見かけねえなあ」

酒場の店主は仕事の邪魔をするなとばかりに目を合わせず、黙々とカウンターを拭いている。店内ではバカ騒ぎが繰り広げられ、そこら中にタバコとアルコールの匂いが充満していた。

魔法どころかオーク並みの知性があるのかも疑わしい客層だ。

「客の中に詳しい者がいればいいのだがな」

「今見た感じだと難しそうね。幻惑魔法どころか魔法の基礎も知らなそうだし」

クレイシアとアネットは店内を見回しながら肩を落とす。その時、ブクブクと太った中年男性が二人に向かって近づいてきた。

「立ち聞きさせてもらったぜ。幻惑魔法をどうにかしたいんだって？」

「そうだけど、なにか用？」

「俺の名はヴァレリー、職業は商人。マジックアイテムの売買もしているから、魔法にもちょっとは詳しいつもりだぜ」

そう言うとヴァレリーの姿が太った中年から細身の青年に変化した。

「……ッ‼　そっちが本当の姿ってこと？」

「そういうこと。フカシじゃねえってわかったよな」

「なるほどな。なら幻惑魔法を解く方法も心得ていると思っていいか？」

「もちろん。マジックアイテムはいろんな魔法に対抗できる品物を用意しとかねえと商売にならねえからな」

胡散臭い男だが光明が見えたことで、クレイシアとアネットはホッと息を吐いた。これで迷いの森を攻略することができそうだ。

「じゃあさっそく売ってちょうだい。即金で払うわ」

「おいおい、ちょっと待てよ。俺は金なんかいらないぜ」

「まさかタダでくれるというわけでもないのだろう。なにが望みだ」

アネットは声を低めて問う。この手の男がもったいぶる時は、大抵ろくなことがない。

「金の代わりに俺と寝てくれよ。二人ともってのが最高だが無理ならどっちか片方でもいい。そうすりゃタダでマジックアイテムをくれてやる」

ヴァレリーは薄汚い、下卑た笑みを浮かべた。クレイシアの深い胸の谷間に、アネットの滑らかな腹部のおへそ、乙女の肢体を舐め回すように見る。

自分たちが性の対象として視姦されていることに気づき、二人は鳥肌を立てた。

「はぁ!?　なに馬鹿なこと言ってんのよ！　お金なら払うって言ってるでしょ！」

「ここであんたたちみたいな美女とヤれるチャンスなんて滅多にないからな。金なんかよりそっちの方が価値がありそうだ。ま、嫌なら断りな。ここの客で役に立ちそうな奴は俺しかいねえと思うけどよ」

あまりに女性を舐め切った態度に、クレイシアは殴りたくなる気持ちを必死で抑える。任務の件がなければ、ボコボコにしているところだ。

「言われなくたって、こっちからお断りよ！　あんたなんかに頼らなくったって、なんとかするわ。もう行きましょう！」

アネットの手を引いてクレイシアは立ち去ろうとする。しかし、ガクンッと身体が後ろに引っ張られた。

青髪の親友はその場から動こうとしない。

「アネット……？」

「クレイシア、私はこの男の条件を呑もうと思う。任務のためだ」

「任務のためめって、こんなやつと寝るの⁉　好きな人でもないのに」

「私にはやり遂げないといけないことがある。今回の任務はその一つなんだ。だから絶対に退《しりぞ》くわけにはいかない」

アネットはニヤついた笑みを浮かべるヴァレリーの元へ進む。瞳には煉獄のような憎しみの炎が燃えていた。

ゾクリと背筋が震え、クレイシアは言葉を失う。

「へへ、真面目そうな顔して中々話がわかるじゃねえか。あんたみたいな女好きだぜ」

「貴様も調子に乗るな。嘘だった時はわかっているな？」

「お、おう」

「クレイシアは宿屋へ戻っていてくれ。すぐに戻る」

「うん……」

鬼気迫るオーラに頷くことしかできない。そしてアネットはヴァレリーと夜の町に消えていった。

（アネット、どうして……）

残されたクレイシアは困惑の感情に囚われ、その場に立ち尽くしていた。

◆◆◆◆

トリシオンの民家には金を払うことで、宿屋と同じように宿泊できるものがある。ただし、宿屋とは違い行為の最中に壁の薄さを気にする必要はない。

そしてもう一つの違いは、ベッド以外の場所でもセックスに興じることができるのだ。

「ったく……まだかよ」

バスルームで風呂椅子に座り、ヴァレリーは独り呟く。浴槽からは湯気が立ち昇り、床にはエアマットが敷かれている。

女性が泡にまみれながら奉仕するソーププレイは、ヴァレリーが最も好むシチュエーションであった。

「待たせたな」

「お、ようやく来やがったか。へへ、酒場で見た時からわかってたぜ。あんたの身体は最高だってな」

おずおずと扉を開き、手袋とタイツのみを身に着けたアネットが入室する。絹のような白肌が湯気に彩られ、Fカップの豊満な胸に視線を注がずにはいられない。

たたわに実ったメロンのような乳果実は重力に負けない張りがあり、一歩踏み出すごとにプルンップルンッと弾んだ。

ムッチリした太腿が欲情を誘い、恥丘は白磁《はくじ》のように滑らかだ。アネットの裸体を見るだけで、射精してしまう男もいるだろう。

頬はほんのりと赤みを帯びて上気し、少女の秘めた羞恥を表しているようだった。

「こんなに明るい場所でするのか。少し恥ずかしいな……」

「すぐに慣れるって。それより俺の言ったことは覚えてるよな？」

「ああ、わかっている。まず貴様の身体を綺麗にすればいいのだろう」

血の涙が出るような屈辱に耐え、アネットは口を開く。ヴァレリーの要求はセックスだけではなく、それに伴う奉仕も含まれていた。

身体を洗うことも要求の一環だ。

「これでいいか」

「まあ悪くはないな」

アネットはボディタオルを泡立てると、コシュコシュとヴァレリーの背中を擦る。両手を添えて丁寧に洗う姿は、一流の娼婦のようだ。

「堅物な女騎士かと思ったら手慣れてるじゃねえか。さては男に仕込まれたことがあるな？」

「……答えるつもりはない」

「訳アリってことか。まあ、なんでもいいけどよ」

暗く冷えた声に男もそれ以上は言及しなかった。浴室に擦る音だけが響く。

(コンドームが用意されていないということは中出しするつもりだな。ピルを飲んでおいて正解だったか)

森でのクレイシアのように、任務では僅かな気の緩みが地獄に直結する。犯されても妊娠を防ぐことのできる避妊薬は女騎士の必需品だ。

「もう十分だろう。セックスをしたいなら早くしてくれ」

「そう焦るなよ。せっかくデカいおっぱいをぶら下げてるんだ。今度はそいつで洗ってくれ」

「む、胸だと⁉　……わかった。少し待っていろ」

恥ずかしさに声を震わせながら、アネットは胸にボディソープを垂らし、シュコシュコと泡を立てる。

自分の身体を道具のように使うことに嫌悪感を覚えるが、今は男の指示に従うしかない。頬を赤く染めながら、二つの大きな膨らみを男の背中に押し当てた。

むにゅ、ムニュン。ふにゅ、ふにゅ、フニュニュン。

「改めて身体を洗わせてもらう。んっ……」

「イイ感じだな。その調子で擦ってくれ」

「わかった。ふううぅ……ン」

吐息をこぼしながら、アネットはおっぱいをこすり付ける。肌の滑らかな感触と時折触れる乳首の硬さが絶妙な快楽をもたらした。

特大のマシュマロが当たる心地よさに、ヴァレリーは口角を上げげた。

「あう、ん、んうううぅぅ……っ。はぁはぁ、満足したか」

「まだまだ。もっとやってくれよ」

「了解した……んうぅ……くぅ、ぁあ、んううう」

上へ下へと胸を動かし、柔らかな美巨乳で奉仕する。敏感な部分が擦れる刺激で、アネットの欲情も徐々に昂る。

まだ触れられてもいないのに、膣穴が潤っていく。

「ああ……んく、くうウゥゥ……っ、ううぅ……っっ！」

「ずいぶん感じているみたいだな。乳首が小石みたいに硬くなってるぞ。まさか胸だけで発情する淫乱だとは思わなかったぜ」

「い、言うな！　私だって恥ずかしいんだぞ……あぅ、ふううぅぅ……」

「照れなくてもいいって。あんたは任務に忠実なだけだからな。ま、もう一人の金髪エルフが見たらなんて言うか知らねーけど」

「うぅ……こんな姿クレイシアに見せられるわけがないだろう……はぁ、あああぁあああああっ！　んう、ふうううううぅ……」

泡を滑らせながら、ハチミツのように蕩ける嬌声が吐き出される。元々感度がいいのか、アネットは洗浄奉仕にハマっていく。

おっぱいだけで、もう絶頂してしまいそうだ。

(こんなことで感じてしまうとは。この身体が恨めしい)

淫乱すぎる自らの肉体に、顔から火が噴き出すような羞恥が襲い掛かってくる。下衆な男を相手にしているのに、心のどこかで挿入まで期待してしまう。

「次は俺の顔を洗ってくれよ。そのデカいおっぱいで挟み込むようにな」

「くっ、わかった。んうぅ……あううぅっ！　こ、こうか？」

背中から双乳を離し、アネットはヴァレリーの正面に回る。女優顔負けの美貌は快楽に染まり、嫌がる素振りとは裏腹に、言われるがまま指示に従う。

男の顔にずっしり重量感のある、美巨乳が押し当てられた。

むにゅ、むにゅむにゅ、フニフニフニ。ぱふ、むにゅにゅ……ぱふぱふぱふん。

「男というやつは本当に胸が好きだな。んっ、うぅ……息をかけるなくすぐったい」

「おお、すっげえ柔らけえ。たまんねえな。ほら、早く続きをしてくれよ」

「っ……私のおっぱいでいっぱい気持ち良くなってくれ。んぅ、あふううぅぅ……クゥ、ひゃあうううぅぅ～～～っっ！　ア、あンうううううぅぅうう～～」

子猫のようにせつなく鳴きながら、胸でパフパフする青髪騎士。左右から押し寄せてくる乳圧が、圧倒的な快楽を男にもたらす。

股間の息子もビンビンになり、射精が待ちきれないとばかりに先走りを滲ませていた。

「あうっ、胸に指が……はう、あにゅううううぅ……！　うぅ、ムニムニするな……ああうぅ……！」

「こんなの揉むなって言う方が無理だろ。あー、最高。これFカップはあるよな？」

「そ、それはその……」

「答えろよ」

突然カップサイズを訊かれアネットは言いよどむ。同性相手でも恥ずかしいことを、今日会ったばかりの男に言いたいわけがない。

しかし、今のアネットに選択肢はない。

「お前の言う通りだ。わ、私の胸のサイズはFカップだ。くぅ、ううぅ……」

「ハハハハハ！　やっぱりそうかよ。まあ、もっとあっても驚かねえけどな」

「あうぅっ！　ンくっ！　ひゃううぅぅ……っっ！　力を入れるな……グッ、激しくしないでくれ……アアアア……あふううぅぅうぅうううぅううっっ！」

指がパン生地をこねるように動くと、水風船のようにFカップ美巨乳が弾み、男の理性を融解させていく。

鼻腔からはミルクのような甘い香りが入り込み、欲望が上昇を続ける。豊満な身体を使った愛撫にペニスが血管を浮かべ、さらに大きくなっていった。

「ふぅ、満足満足。んじゃ次いくぞ」

「ああ」

ヴァレリーはエアマットに仰向けになると、早くこいと手招きした。すぐそばにはローションの入ったボトルがある。

アネットはローションを手にまぶし、身体にまんべんなく塗ると、添い寝をするように胸板へ密着した。

「くううぅ……貴様の言った通りにしたぞ」

「よくわかってるじゃねえか。そのまま全身に塗ってくれよ」

「ああ。んぅ、アあぁ……んううううぅぅ……！　ン……ひゃうんっ！」

ローションまみれの豊乳が、スライムのように密着する。肌の滑らかさとヌルヌルした感触が合わさり、桃源郷のような心地よさを男に伝えた。

アネットの身体も敏感になっているのか、喘ぎ声が不規則に高く跳ね上がる。胸の奥に熱が溜まり、呼吸が熱を帯びていく。

ヌチュ、ヌチュ、しゅるしゅる。ンチュ、ズチュ、ずるるる。

「はぁ……ああ、んううぅ……ンンううぅぅぅっっ！　女にこんなことをさせて悦んでいるのか。あううぅ……この変態め」

「それはお互いさまだろ？　あんただって感じてるじゃねえか」

「あぅ、ふあうぅ……私は感じてなどいない。あくまでも任務のためだ。あぐ……はうくうううううぅぅううっっ！　勘違いするな……っっ！」

「はいはい。そういうことにしといてやるよ」

「なんだその言い方は……ひゃ、あッ、ひゃいいいいいいぃっ！　そ、そこはダメだ……あづっ、あひぐうううぅぅ～～っっ！　乳首つまむなぁっ！」

軽く乳首をつままれただけなのに、少女の裸体は驚いたようにビクつく。そうした反応が男の加虐心をくすぐり愉悦になる。

肌が擦れる音と淫らな水音がハーモニーを奏でた。

「おっと、強くしすぎたか。もうお互いに身体もほぐれたことだし、そろそろ俺のチンポにも奉仕してくれよ。もちろんデカ胸をくっつけながらだぜ？」

「下衆《げす》め……ああ、やってやる」

欲望を満たすことしか頭にない命令に、アネットは怒りを露わにしながらも従う。幾体もの魔物やベヒーモスを屠ってきた手で、男の肉竿に触れる。

「これでいいか？」

「ああ、そのまま手を上下に動かせ。力を入れすぎるなよ」

「んっ、んん……」

指で輪っかを作り勃起したペニスに嵌《は》め込む。ドクンドクンと脈打つ血管から伝わってくる熱に、指がピクリと震える。

騎士団学校をトップの成績で卒業した才女は、手慣れた様子で手淫を開始した。

コシュ、コシュ、シュコシュコ。シュシュ、シュッシュッシュッ。

「自分でシコるより新鮮だな。もっとやってくれ」

「ああ……んぅ、はぁ……ハァハァハァ……」

「おいおい、俺より感じてんじゃねえか。もうブチ込んでほしいのか？」

「戯言を……そんなわけあるか。ずっとこんなことをしているから少しおかしな気分になっただけだ。んぅう……あふううううぅ……ペニスをビクビクさせるな気持ち悪い……ぅぅ、あはぁぁぁ……」

アネットは興奮を抑えきれず、擦る動きに合わせてピンク色の吐息を漏らす。胸板に当たっているマシュマロ巨乳もたわわに弾み、ヴァレリーの海綿体を膨張させた。

男の自慰を手伝っているようなシチュエーションに心臓が鼓動を早める。

「ペニスなんて真面目ぶった言い方するなよ。チンポだろ」

「ぐっ、チンポをビクビクさせるな」

頬を朱色に染めながらアネットは男性器の俗語を口にする。自分の意思で言うならまだしも、男に命令されるのは屈辱的だ。

「そうだ俺のチンポに挨拶してくれよ。あんたの任務の成否はこいつにかかっているんだからな」

「ち……チンポさん、私はアネット・ストールだ。不束者《ふつつかもの》だが精一杯奉仕するのでよろしくお願いする。んうっ、そのエッチな匂いが素晴らしいな……ぅ、うぅ……」

情けないセリフを言わされてしまうエルフの女騎士。勇ましい口調がさらに羞恥を煽り、ズクンッと胸の奥が疼く。

(くそっ、あの男にされたことを思い出す。最悪の気分だ)

かつての自分が穢され尽くした記憶を思い出し、アネットは唇を噛んだ。

(くっ、思い出すだけで忌々しい……)

過去を振り切るように指を幹に沿わせ、ガラス瓶を磨くような丁寧さでチンポを愛撫する。

任務のことだけを考え、一心に男の快感を煽った。

「次はカリ首の部分を重点的に頼むぜ」

「ここだな。ふぅ……ん、ゥゥ……」

「そうそう、指で綺麗にしてくれよ」

「先端をつまんで……こうか?」

亀頭を手の平で覆い、猫の手でカリ首に指を引っかける。五本の指が出っ張った敏感な部分を丹念に扱いていく。

シュリシュリとローションの滑る淫音が鳴る。恥垢のベトつきとすえた匂いが鼻孔を刺激した。

「上手いじゃねえか。特務部隊の騎士サマは娼婦の勉強もしてんのか？」

「うるさい。黙って扱かれていろ……んぅ、ふううぅ……」

ヴァレリーの軽口を一蹴し、キノコ肉を手の平で円を描くように撫で回す。ブニブニした亀頭の感触が不快で、眉間に皺を寄せずにはいられない。

欲望を漲《みなぎ》らせた竿の熱が伝わり、先走りがクチュクチュと音を立てた。

「もう手を離していいぞ。今度はあんたを気持ち良くしてやるよ」

「貴様なにを……う、んんんっ!? そ、そこは……っっ！」

「ん？　どうした？」

「やめろ……そこに触れるな！　あ、あああ、ふぁあああああああぁあぁあぁ～～っ！　はぁあ……んぐ、んんんんんんん～～～ッッ！」

ヴァレリーはアネットの割れ目に指を挿入し、クチュチュとかき混ぜた。人差し指の第一関節が入った程度でも、大きな悲鳴を上げずにはいられない。

肉竿奉仕で昂った身体は男の思うがままに女体を弄ばれ、泉のようにトロミのある愛液を溢れさせた。

「そ、そこは敏感なんだっ！　指はダメ……う、ひぅうっ！　ん……んきゅううぅうううう……あぁあぁあああ――――っっ！」

「入れたばかりでもうビショビショかよ。ほら、いやらしい音が聞こえるぞ」

「いやらしい音などするものか……きっとローションのせいで……んぅうっ！　アァッ！　あひうううううううううぅぅ～～～っっ！」

口では嫌そうにしていても、身体の疼きを抑えられない。指先を動かすたびに、アネットはせつないメス声を吐き出した。

清廉な騎士が肉欲のままに悶える姿は、ヴァレリーの海綿体を膨張させ、ジュルリと舌なめずりさせた。

「ローションのせいなら気にすることねえな。もっと奥まで入れてみるか」

「ア、あくうううううぅッ!? いう、んうううううぅ～～っ！ 奥はその……ああっ、はあぁあああああぁあああああっっ！ ヒグッ……あくうううううううぅうううっ！」

「ずいぶん大きな声だな。どうしたんだ？」

「ゔゔ、あ、アアァアアァアアアアアアッッ！ わざとらしいことを……んっ、はぁ……あハァァァ……」

膣壁を撫でられて蕩けた顔を見られたくないのか、アネットは胸板に顔をうずめた。柔らかな肢体は小刻みに震え、より激しい快感を求めている。

手マンだけで達しそうなほど身体が悦び、子宮がキュンキュンと疼く。

「んん、んくうううぅ……あぅ、んウウウウウゥ――――ッッ!!」

(こんなもの感じるに決まっているだろう！ アソコを触られると身体が熱くなって、頭がボーッとしてなにも考えられなくなる……)

「お、こっちもいい感じだな」

「ヒゥッ!? あ、ひあ、ひゃあああああぁぁ～～～～ん！ んゔ、んクウウウウウゥゥッ⁉」

　爪の先でクリトリスを弾かれると、一オクターブほど高い甘声が浴室に響いた。最も鋭敏な場所を責められ青髪エルフは悶絶する。

「あぁゥアアアアアアアアアアッ！　い、弄るのをやめろ！　クリは敏感すぎるから……うぅ、あううぅ……ひゃアァァアアアアアァ〜〜〜〜ン！　おかしくなってしまう……っっ！」

「いい声だ。ホントあんたってドスケベだな」

「ふざけたことを……私はスケベなどではない！　ンンッ、はぁ、アはぁあああああああぁあああああああっっ‼」

　胸板にかかる熱のこもった吐息は、少女が限界まで欲情していることを如実に表していた。第二関節まで沈んだ中指には愛液がベットリとこびりついている。

　男の肉竿は痛いほどに勃起し、血管を脈打たせた。

「もう我慢できねえ。脚を開け」

「え……ああっ！」

　アネットの片脚が持ち上げられ、蕩けた淫裂が露わになる。ピンク色の陰唇は花弁のように開き、愛液でぐっしょりと濡れていた。

　男なら生唾を飲み込まずにはいられない絶景に、ヴァレリーの視線が釘付けになる。

「へえ、綺麗じゃねえか。俺の見立てじゃ経験豊富そうな印象だったんだがな」

「……うるさい。余計なことを言うな」

「へイヘイ、わかりましたよっと！」

「んっ、ああ……ウウゥ……！」

ヴァレリーは身体を下にズラしチンポを膣孔にあてがうと、一息にグンッと差し込んだ。

十分にほぐされた蜜壺が肉幹を受け入れ、アネットはくぐもった声を漏らす。

肉竿の熱が膣穴を炙り、興奮でドクンッと心臓が跳ねる。腰が引かれピストン運動が始まると、はしたない抽送音が奏でられた。

ズチュ！　ズチュチュ！　ズググ……ズグチュウウウウウッ！　ヌプッ、チュププププッ！

「あっ、んうううぅ、ああアアアアアアアアアアアアッッ！　ゾう、ンンううううううぅ～～～～っ！」

「いい締め付けじゃねえか。チンポに吸い付いてくるぜ」

「チンポが私の中に……熱くてビクビク蠢いている……んうう、ハアァァアアアアアアアアアアアアッッ！」

狭い秘裂を肉槍が押し進むと、少女は声を張り上げた。少しの痛みと共に快楽の波が恥丘に昇ってくる。

男のペニスは平均的な大きさだったが、愛撫で発情したアネットは極太のディルドーを挿入されたように感じてしまう。

包皮を剥いた亀頭の弾力、竿に浮き出た血管の熱が愛おしい。もっと悦ばせようと、奉仕しようと、膣穴を締め付けてしまう。

「ンゥ、あああ……はうううぅっっ！　く、ウゥゥ、あうううぅ……っっ！」

「お、大胆だな。そんなに気持ち良かったか？」

「そ、そんなことはない！　これは反射のようなものだ！　ぅ、あああ……はぁぁあああ……ひゃうううううぅ〜〜〜〜んっっ！」

膣肉を穿たれる衝撃でFカップ美巨乳を密着させ、アネットはすがるように男の背中に腕を回してしまう。

まるで恋人のような屈辱姿勢だが、呼吸に合わせて恥丘がビクつき、挿入されただけで絶頂が迫っていると如実に表していた。

（こんな男を抱きしめるなんて私はどうしてしまったんだ。あくまでも任務のための行為でそこまでするつもりはなかったはずなのに……うぅ、でも気持ちいい……）

ヴァレリーの欲望を満たすためだけの身勝手なセックスで、アネットの身体は愛液を溢れさせるほど感じてしまっていた。

勃起した男根の熱が心地よく、もっとカリ首で膣ヒダを擦ってほしいと思う。浴室の冷たい空気が官能を煽り、より強く相手の体温を求めてしまう。

「あー、いい……」

「ンンッ、ぐっ……ああ、あああ、アアアアアアアアァッ！　うく、ひゃう、はあぁああああ……っっ！」

ねっとりと絡みつく淫肉の快感に、早くもペニスが射精しそうになる。少しでも多く快感を味わうために、ヴァレリーは急いでピストンを開始した。

せっかちで奥に届かない抽送だが、浅い部分をノックされると、閃光のような快美が膣口を襲った。

「こ、ここはダメだ……感じすぎるから……あ、ウウウ、くアアアアアアアアァッッ！　ひゃう、はぁ、ぅぅグうううううぅ～～～っっ！　イク！　イキそうになってしまうんだ……！」

意図せず男根が恥骨の直下にあるＧスポットを責め立てる。男性の前立腺に当たる部分を圧迫され、潮を吹きそうなほどの淫悦に股間が跳ねる。

まだ子宮奥に届いてもいないのに達してしまいそうだ。

「す、少し手加減してくれ……アソコが熱くてせつなくておかしくなりそうなんだ……オ、あうおお、はあ、ンハぁあああぁ～～～っっ！」

「へへ、じゃあ今度はこっちっと」

「あグッ⁉　お……そ、そっちも……はぅ、あひゃアアアアァア～～ンッ！　あお、お、はううううううううぅぅ――っっ！」

ペニスの動きが変わり、待ちぼうけを食っていた膣奥《ちつおく》を叩く。ズチュズチュと粘液を泡立て、種類の違う悦楽が乙女の細穴を嬲《なぶ》る。

青髪の女騎士は喉を反らせてメス猫のように喘いだ。普段の凛々しさの欠片もない痴態だが、気にしている余裕はない。

「ふあっ、ああっ、あああぁああああっっ！　チンポが奥に当たって……は、激しい……グ、んふううウウウウウゥ～～～～ッッ！」

「ほら、もっと俺に媚びてみろ。チンポが好きだって言えよ。そうしねえと気持ち良くしてやらねえぞ?」

「くっ、貴様……ンくぅぅ……」

急にピストン運動が止まり、下衆な考えにアネットは双眸を吊り上げた。任務のためとはいえそこまでする義務はないのだが、膣穴を擦る動きがないと一気にもどかしい飢餓感が湧き上がってくる。

お預けを食らった飼い犬のように情けない声が漏れ、恥丘がズクンズクンと疼く。

(くそ、言うしかないか。不本意だがこのまま我慢なんてできない!)

桃色の快楽に脳を支配され、艶やかな唇が開く。快楽を貪るためには、恭順の道を選ぶしかないのだ。

「ひゃあ、んう……ンううぅぅうううぅっ! ち、チンポ! 貴様のチンポが気持ちいい! ふぅ……アウゥゥウウゥゥウゥンッ! チンポを……チンポで私を感じさせてくれ! あぐ、んはあああぁ……おお、んううううぅっっ! もっとチンポで突いてほしいんだ! ああ……ハァハァ……!」

はしたない懇願に応え腰振りが再開された。

押し寄せる波濤《はとう》のような悦楽にアネットは取り繕うこともできず、淫らな言葉を叫び肢体をくねらせる。

愛液が混ぜられる音に合わせてエアマットが勢い良くたわみ、腰が前後するたびに嬌声は大きさを増して絶頂が近づいてくる。

「チンポが奥にコンコンって当たってぇ……ひぅうぅ、んハァアアァアアアア～～～～ン！　ゾクゾクするぅ……」

「素直になってきたじゃねえか。オラッ、このエロマンコが！」

「私のオマンコエッチになってる……チンポで満たされて悦んでしまう……っっ！　ふぁ……あぐぁぁ……あふううぅぅウウウウウウッッ！　いい……感じる……ああ、はうあああああ……」

抽送するたびに、稲妻のような快美刺激がアネットの脊髄に走る。オスとメスの体液が混ざり合った淫靡《いんび》な匂いが、脳を融解させていく。

理性が快楽に屈服し、自分の意思で考えられなくなってしまう。

「亀頭大きい……奥に響く……あう、はあああぁ……っ！　おう、へうううう……アはうううううぅ……っっ！」

「マンコが締まってきたな。騎士様はサービス精神もあるみたいでありがてえぜ」

「べ、別に貴様のためにやっているわけではない……！　ただアソコが反応してしまって……ンゥ、きゅう、キュウウウウウウウゥッッ！　チンポの感触が強くなってる……ほお、あうううううぅっっ！」

メス穴が貪欲に快美を得ようと締め付けを強める。ピンク色の肉ヒダが浮き出た血管の一本一本を愛撫し、互いに欲情を高めていく。

メロン美巨乳は楕円形になるほど胸板に密着し、腰の動きに連動して乳首が擦れる。クリトリスも充血するほど勃起し、ヒクヒクと蠢いた。

視界に霞がかかり、全身を心地よい浮遊感が包む。

「ンあぁ……全身ヌルヌルのこんな変態プレイで感じるなんて……おお……アおおおオオオオオオォ～～ン！」

「さんざんヨガっといて今更だな。フンッ、フンッ」

「ぐひぃっ！　強く打ち付けるなぁ……ァア……ほっぐううううぅううううっっ！　えう、ウウゥウウウウウウウウウゥ――――ッッ！　くぅ、中がキツい……はっぐ、ああ、ぁあ、あああぁぅ……っっ！」

テカテカになった肢体で甘い言葉を漏らす美少女エルフ。柔らかな双球がさらに強く押し付けられ、むにゅりと卑猥に形を変える。

ヴァレリーはピストン運動を速め、肉竿を子宮口に届くように打ち出す。白く熱い滾《たぎ》りは尿道口のすぐそこまで迫っていた。

「ひぃ、あふいいいいいいいぃ！　もう……もうイッてしまう！　貴様のせいでオマンコが悦んでしまうんだ！　チンポすごい……たまらない……もっと私を犯してほしい！　ああ、んあぁあぁアアアアアアアアァアアアアッッ！」

「ん……限界だ。中に出すぞ」

「ああ！　オマンコにいっぱい出してくれ！　貴様のザーメンを注いでくれ！　あ、アアア……はぁうううぅううううぅううっっ！　はう、くうううう……ウウウウウウウウウゥウゥ――ッッ！」

ローションと愛液、先走りを混ぜ合わせながら、アネットの意識は飛翔していく。膣壁は包み込むように肉竿を締め付け、極上の感触をヴァレリーに届ける。

鈴口がヒクつきザーメンが解放された瞬間、しなやかな肢体が弓なりにのけ反った。脳内で快美の獄炎が燃え上がり、ビクンッと腰が浮き上がった。

どびゅ、どびゅびゅびゅ！　ドビュくうううぅ～～っ！　ドプ、ドプドプドプッ！

「あ、アアアアッ！　イク！　イクぅ！　オマンコイッってしまううううぅぅうっっ！　チンポ気持ちいい！　すごいぃ！　あう、あふううウウウウウゥ～～ッッ！　お、あああ……はあああああああぁ――――ッッ！♥」

ヴァレリーの背中をぎゅっと抱きしめ、アネットは絶頂する。淫らな粘液で濡れた肢体は、エロスを凝縮したような美しさを見せた。

結合部からは精液が溢れ、太腿の付け根を乳白色に汚した。アクメの余韻を味わうように恥丘が震え、せつない吐息がこぼれる。

「はぁ……ハァハァ……。イッてしまった……」

アネットは虚《うつ》ろな瞳で男の顔を見る。湯気の熱が頬にまとわりついた。

「あー、まだ出る。止まんねえ」

「ううううぅ……熱いのがまだ入ってくる……んっ、あああぁ」

まだ快楽の波が引いていないアネットは抱きしめられ、一滴残らず白濁を注ぎ込まれる。

おっぱいの感触と膣孔の熱を愉しみながら、ヴァレリーは口角を吊り上げた。

エアマットに沈み込むような疲労感と満足感が二人を包む。

（終わった……これで任務に戻ることができる。私の目的に近づくことができる）

思考が冷えるとアネットの瞳に意思の光が戻る。魔物やベヒーモスの命を奪う時のような冷たい色が虹彩に現れた。

股間から滴るザーメンの残り汁も、恥辱を煽るファクターにはならない。手早くシャワーで汚れを落とし男を見下ろす姿は、数分前と別人のようだ。

「貴様の言う通りにしたぞ。約束は守ってもらう」

「あ、ああ……」

アネットの気迫に圧倒され、ヴァレリーは逃げるようにマジックアイテムを取りに部屋へ戻った。

◆◆◆◆

「ただいま戻った」

「アネット！　その……大丈夫だった？」

「問題ない。目的は達成した。もう幻惑魔法にかかることもないはずだ」

宿屋の部屋に戻ったアネットをクレイシアは泣きそうな表情で出迎える。酒場で別れてからすでに二時間以上が経過していた。

彼女のことが心配でたまらないが、ありふれた言葉しか出てこない。スタイルのよい長身からはボディソープに混じって、微かに精液の香りがした。

「明日の早朝すぐに発てば昼までには保護区に着くはずだ。大臣が事を起こす前に止められればいいんだが」

「うん、そうね……」

普段と同じように振る舞う姿に胸が締め付けられる。会話を続けることができずクレイシアが黙るとアネットも口をつぐんだ。

重苦しい沈黙が部屋に降りる。

「アネットはどうしてそこまでするの？」

しばらく時間を置いて、クレイシアがポツリと呟いた。

「騎士としての責務だからだ。私の身体一つで非道を止める可能性が生まれるなら安いものだろう」

「安くなんてない！　それにアネットがそこまでする必要はないじゃない！　お願いだから正直に話してよ……」

自分でも驚くほどの大声をクレイシアは出していた。金色の髪が揺れ、可憐な瞳には涙の雫が溜まっている。

「……本当に知りたいか？」

アネットの瞳に再び憎しみの炎が宿る。常人なら言葉一つ発することのできない強烈なオーラ。クレイシアは彼女の瞳を真っすぐに見返し、頷いた。

「わたしはあなたに過去を訊くことをずっと避けていた。でももう逃げない。ハーラルト大臣となにかあったんでしょ？」

「そうだ。話すと少し長くなるがな」

そう言ってアネットは自らの過去を語り始めた。

「――十数年前、とある小さなエルフの村に一体のベヒーモスが襲来した。多くの騎士、兵士たちの軍が討伐に向かったが、たった一体の銀のベヒーモスに手も足も出ず、全滅させられた。ベヒーモスは集落を焼き尽くし、大勢のエルフたちをも皆殺しにしたんだ」

月明かりが照らす村には星の数ほどの遺体が積み上がったと、アネットは奥歯を噛みながら言う。

「まだ幼かった私と妹、他の子供たちはひたすら逃げた。命からがら村から逃げだし、走って走って走り続けた。森を抜けたところに辿り着くと故郷が赤く燃えているのが見えて、そこで三人の男と出会ったんだ。男たちは見ず知らずのエルフの少女を介抱し温かいスープまで恵んでくれた。安心した私たちは疲れもあって深く眠ってしまったよ」

そのことをずっと後悔しているとアネットは続ける。ほんの少しでも男たちを疑っていればよかったと。

「翌朝、悲鳴で目覚めると、二足歩行する得体の知れない化け物たちが子供たちを食らっていたんだ。妹が私の袖にすがりつく感触は今でもまだ覚えている」

「化け物ってもしかして……」

「ああ、イービルロイドだ。三人の男はまだ開発中のイービルロイドの燃料にするために子供たちを助けたのさ。運よく喰われなかった私と妹も陵辱の限りを尽くされ、私は両腕を切断されて両脚を焼かれ川に捨てられたよ」

想像を絶する過去にクレイシアは言葉を失う。

義手と火傷のことは知っていても、理由は大事故のせいとしか聞いていない。しかも、イービルロイドがかかわっているなど夢にも思わなかった。

「妹さんはどうなったの……？」

「私たちを川から拾い上げた男の話では、生きていたのは私だけだそうだ。妹はすでに息絶えていたと聞いている」

アネットは唇を噛んで言葉を続ける。自分の不甲斐なさと男たちに対する憎悪で、おかしくなりそうになる心を抑えて。

「その三人が当時のヴィクトール王国の大臣デニスと、二週間前に処刑された騎士団長のヘンドル、そして現大臣のハーラルトだ」

「王国の高官が虐殺にかかわっていたなんて……。信じられないけど、でも本当のことなんでしょ？」

「もちろんだ。デニスは魔族に襲われて死に、ヘンドルも絶命した。残る復讐相手はハーラルトと村を滅ぼした銀のベヒーモスのみ。奴らに必ず報いを受けさせると、私は妹と村のみんなに誓ったんだ」

すべてを話し終えると再び重苦しい沈黙だけが残る。二人とも口をつぐみ、それ以上はなにも言えなかった。

しばらくしてアネットが口を開いた。

「嘘を吐いてすまなかったな。私は騎士の責務なんてかっこいいものに従って行動しているわけじゃない。醜い復讐心に突き動かされているだけなんだ。気にしないでくれと言っても難しいだろうが、お前が気に病むことはない」

「うん……わかった」

「それよりぁの商人から手に入れたマジックアイテムを見てくれ。『マインドブロック』というものだそうだぞ」

幻惑魔法を解く金色の腕輪をクレイシアは受け取った。その輝きはどこまでも冷たかった。

第三章　怪物と怪物以上

ウッドエルフの保護区は死の気配で満たされていた。村を守るはずの柵は跡形もなく壊され、血と肉の酸鼻を極めた匂いが辺りに充満している。

木造の質素な家屋には大穴が開き、歩道には大きな足跡がいくつも残っている。あちこちに積み上げられた死体は家畜とウッドエルフが折り重なり、すべてが真っ黒に炭化していた。

男は一人残らず殺され、子供たちは黒ずくめの集団に囲まれ、人質に取られていた。

「あ……ぁ……ぁぁ……あ……」

「もっと派手に喘げ。まったくつまらん女だ」

炭化した死体のそばで、ハーラルト大臣は女のウッドエルフを正常位で犯していた。腰を動かすたびに、陰唇が蠢きくぐもった水音が鳴る。

白髪で丸眼鏡をかけ、黒の法衣を纏う姿は一見すると聖職者のようにも見える。体格は中肉中背、顔には加齢による皺がいくつも刻まれた壮年の男性だ。

知らない人間が見れば安易に心を許してしまいそうな容姿だが、そんな外見的特徴などなんの意味も持たないことを、大臣の犠牲になった者たちは知っている。

他者を虐げることに欠片も罪悪感を抱かない異常者。人面獣心という言葉は、この男にこそ相応しい。

「はぁ、はぁ、はぁ……！」

「おい、こいつの娘を前に」

「――畏《かしこ》まりました」

黒ずくめが女の子のエルフを連れてくる。

「ううう……おがあさぁ～～～～～ん！　ヒック！　ウッ……！　おかあさんに酷いことじないでぇぇぇぇぇ」

犯されている母親の姿に、顔をぐちゃぐちゃにして泣き叫ぶ女の子。大臣はそれを見るなり頬を緩ませ、瞳を閉じて恍惚《こうこつ》した表情を浮かべた。

「お願いです、その子だけは……私はどうなってもいいですから……！　だから！」

「ククク、なら三秒以内にワシをイカせてみせろ！　マンコを締めて射精させてみろ！」

「そ、それは……」

「三――」

「う……ううう……っ……んんんんっ！」

母親は必死になって股間に力を込める。しかし、そんなことで大臣が満足するはずもなかった。

無情にもカウントが進んでいく。

「二、一、ゼロ――。残念じゃの。おい、そのガキ食っちまえ」

「――畏まりました」

黒ずくめは本性を現し、イービルロイドの姿に変化する。顔は醜く皮が引きつり、歯茎は剥き出し、右眼球は白く濁っていた。

首から背中に伸びたチューブには、得体の知れない紫色の液体が流れている。手の甲には鋭く長いかぎ爪が生え、肉体には直接ボルトが打ち込まれていた。

一見しただけで、この世に存在するべきではないとわかる異形。人工的に生み出され、人の摂理から外れた化け物が女の子に迫る。

「……！　ううっ……！　うあああぁぁぁ！」

「オオオオオオオオオオオォ――――――ッッ‼」

イービルロイドが叫び、大口を開けてウッドエルフの少女を呑み込もうとする。牙が幼い身体を貫き、骨を砕く寸前だった。

「ハアアアアアアアアアアァァッッ！」

黄金と蒼の疾風が駆け抜け、斬撃が黒ずくめの巨体を十字に切り裂いた。体液が噴き出し、肉体が崩れ落ちる。

「ふぅ。危ないところだったわね」

「間一髪だな」

「チッ……！　邪魔が入ったか。騎士の足止めもできんとは使えない女どもだ」

クレイシアとアネットの到着にハーラルトは舌打ちする。

《身体支配《マリオネット》》の魔法の応用で、視覚や聴覚を惑わせるよう女ウッドエルフたちに命令していたが、マインドブロックの腕輪の前では小細工も無意味。

クレイシアは怒りを心の内に留め、惨状を引き起こした張本人に詰め寄る。

「これ、あなたがやったの？」

「ん？　なんのことじゃ？」

「ここで死んでいるエルフたちのことよ。あなたが殺したのかって聞いているの」

声が凍えるように冷えていく。

「ククク、そのことか。なにか問題でも？　男はいらないから殺した。女は性処理に使えるから生かした。子供は利用できるから生かした。それだけのこと」

「————ッ!!　あなたそれでも人間なの！」

「人間だよ。この前の健康診断の結果に『人間』って書いてあったからな」

相手をからかうような言い様に、クレイシアは青筋を怒りで膨れ上がらせている。腹の底からマグマのような感情が噴き出しそうだ。

アネットもこれ以上話すことはないという表情で、剣を大臣に突き付けた。

「ハーラルト大臣、貴様を特定亜人虐待の現行犯で拘束させてもらう」

「ワシを拘束？　ヘンドルに使われていたような奴らが大きく出たな」

「あなたはこのまま連れて帰る。大人しくしなさい」

「クククク……」

「なにがおかしいの!?」

愉しそうに笑う大臣に、クレイシアは声を荒らげた。この男のすべてが癇に障る。

「なぁに貴様らがあまりにも呑気なのでな。笑いを抑えるのが大変だった」

「ふざけるんじゃないわよ！」

「おっと、あと一歩でもそこを動いてみろ。まずはウッドエルフの子供を殺す。母親たちが見ている目の前で残酷にな」

イービルロイドたちが子供へ腕を向ける。かぎ爪の先端に魔力が集中する。

「生きたまま焼く。凍らせて粉々に砕く。全身を石の刃で貫く。身体を膨らませて破裂させるなどなど、ワシの命令一つでなんでもできることを忘れるな」

「貴様の悪趣味な玩具はずいぶんと聞き分けがいいようだな」

「ご名答だ。乳のデカいエルフの女よ。こいつらはこの場以外にも森の至る所に配備されていてな。飼い犬のようにワシの命令を待っている。ククク、保護区を地図から消してやってもいいんだぞ？」

不気味な薄ら笑いを浮かべた大臣の言葉にウッドエルフの子供たちは大泣きし、母親たちは青ざめた顔で腰を抜かす。

「くっ、なんて卑怯なの！」

「この程度のことでなにを怒っている？　子供を大型ミキサーで骨も入った肉だんごにして、父親に食わせたこともある。それを知った時の顔は今思い出しても愉快でたまらない。母親を犯しながら子供の頭を抉《えぐ》り頭蓋を見せてやったことも、ケツの穴に熱した鉄柱をぶち込んで串刺しにしたことも、どれも楽しい思い出だ」

「そんな……うそでしょ……」

「ケダモノめ」

怒りすら押し流す非道の数々に、クレイシアは顔を青ざめさせて汗を流し、大臣から目を離せないでいた。

アネットも血が滲むほど強く唇を噛み、ワナワナと拳を震わせている。

「自分の立場が理解できたか？　ならまずは武器を捨てろ」

「武器は捨ててやる。その代わり、ウッドエルフたちを解放すると約束しろ。条件が呑めないなら人質を切り捨ててでも貴様を殺す」

「いいだろう。お前たちがワシの言いなりになるなら、エルフどもは逃がしてやってもいい」

「今の言葉、必ず守りなさいよ」

命令に逆らえばなにをするかわからない。二人は剣を地面に置いた。イービルロイドがボディチェックを行い、丸腰になったことを確認する。

「ワシが相手をしてやりたいところだが、もう存分に楽しんだのでな。手始めにこいつらのチンポをしゃぶってもらおうか」

大臣がニヤリと笑い指を鳴らすと、イービルロイドの群れの中から異形の個体が進み出た。

「な、なによこれ⁉」

「っ……この鬼畜め」

二人の前に異形のイービルロイドがそれぞれ立ち塞がる。驚きの声が上がったのは、股間から腕のように太いペニスが生え、露出していたからだ。

「立派だろう？　メス穴開発専用の特別性イービルロイドだ。チンポの太さも性欲もオーガ以上、三日三晩犯しぬいても疲労することはない」

「こんな化け物のアレを舐めろなんてふざけるんじゃないわよ！」

「そんな口を利いていいのか？　ヴィクトールの騎士は子供の命に興味がないようだな」

「くっ、この……っ！」

嘲笑うハーラルト大臣を、二人は睨みつけることしかできない。どれほど屈辱的な命令でも、今は服従するしかないのだ。

「……わかったわ。舐めればいいのね」

「クズが」

クレイシアとアネットは膝立ちになると、イービルロイドの肉竿へ顔を近づけた。紫色の血管が浮き上がった陰茎は不気味で、生臭い恥垢の臭気が鼻を突く。

エルフの騎士たちは、こみ上げてくる吐き気をぐっとこらえ、唇を開き亀頭を舐め始めた。

「れろ……んん、ふぇろ……。うう、臭い」

「酷い匂いだな……あむ、えろ、れろぉぉ……」

たどたどしい舌使いでオス肉をなぞると、乾いた小便のアンモニア臭とピリピリした痺れが味蕾《みらい》を直撃する。

人間のモノよりも長大な極太幹は舌を火傷しそうなほど熱く、ドクンドクンとグロテスクな血管を脈打たせていた。ブヨブヨした皮膚の下にはどっしりした硬さも残り、舌先を強く押し返してくる。

しかも、大臣の前でフェラをさせられているのだ。そう思うと、気が狂いそうになる。

「ふぇろ……んちゅ、ふぁろぉぉ……ン、んんぅ……」

「はぶ、んぐ……うんっ……えろ、はぶううぅ……」

「なんだその腑抜けたしゃぶり方は。もっと気合を入れんと、こいつらは満足せんぞ？」

「ぐ……わかってるふぁよ。ふぇろ、ふぇろ、んじゅぷっ！　んぶ、んじゅぅぅ……ンゥ、フウウゥ～～」

「ちゅぶ、はちゅぶ、えふぇろ……貴様に言ふぁれるまでもない。じゅう、りゅろりゅろりゅおぉぉ……」

クレイシアとアネットは口をすぼませ、フェラチオのスピードを速めた。ミミズのような血管が浮き出た肉幹を丹念に舐め上げ、たっぷりと唾液をまぶす。

敏感なカリ首の裏をチロチロと愛撫し、オスの欲情を高める。人ではないイービルロイドがどこまで感じているかはわからないが、懸命に奉仕を続ける。

(まったく酷い匂いね。腐ったチーズみたいで鼻がおかしくなりそう。生まれてから一回も洗ったことないんじゃないの)

(太すぎて顎《あご》が外れそうだ……私がイービルロイドを悦ばせる手伝いをするとはな。ハーラルトのクズめ、後で必ず報いを受けさせてやる)

汚辱と屈辱に耐えながら、異形のデカマラを舐めしゃぶるエルフの女騎士。悪臭と幹の太さに口腔《こうこう》が悲鳴を上げる。

気を抜けば巨大な亀頭で窒息してしまいそうだ。

「じゅぷ……ふんん、ふーふー！　ふぇろ……あむぅ……むぐ、んぐぅ……」

「んぐぅ……ちゅぱ、はむ……ちゅう……ふぇろ、んんんぅ……」

鼻で呼吸しながら喉の奥まで勃起肉を受け入れる。鈴口から徐々に溢れてくる先走りのトロミが、舌にまとわりついて不愉快だ。

「じゅりゅ、ふぇあ……あふぅぅ、ちゅぷ、ちゅぷ、じゅちゅううぅ……」

「あむ、ふむぐうぅぅ……ふぶ、んぐふううぅ……」

「やれやれ、これだけ時間をかけてまだ一体も射精させられんとはな。貴様らには危機感が足りないようだ」

「ふぐっ⁉　やっ、なにしゅるのよ……っ！」

「はぶぐ……そ、そんなものを近づけりゅな」

命令を待っていた特別性イービルロイドたちが集まり、クレイシアとアネットに怒張した肉竿を突き付けた。

四方八方から吐き気がするような匂いと、濁った熱が接近する。ムワッと香る濃厚なケダモノの欲望に、クラクラしてしまいそうだ。

「手でも腋でも使ってそいつらもイカせろ。できなければわかっているな？」

「んふ、あううぅ……わかったふぁ。好きにしなひゃい！」

「ひンポなど何本あっても同じりゃ。ふぇぅ……ちゅう、ちゃぱはぁ……」

二人は手の平に収まり切らない肉竿に指を回し、シュコシュコと擦り始めた。すでに溢れ出している我慢汁が潤滑剤となり、滑らかに指が動く。

残りのイービルロイドは腋や髪の毛にペニスを押し当て、勝手に自慰を開始した。ブニブニした肉幹の擦れる卑猥な音が鳴り響く。

ずりゅ、ずちゅ、シュコシュコ。すこ、ジュコ、ズチュズチュズチュ。

「ふぐううううぅ……っっ！　人の身体でしゅき勝手してくれりゅわね。ふぐぅ、あふ……れお、じゅりゅううぅ……」

「汚りゃわしいものを擦りつけりゅな化け物め。ふぐ……むぐううぅ……ちゅぶ、りゅぶ、じゅぷうぅ……ふぶ、ハァハァ……」

おぞましい感触と匂いに耐えながら、懸命にチンポをしゃぶり手コキで奉仕する。複数の男根に囲まれるという異常なシチュエーションが、少女たちの秘めたマゾヒズムを開花させる。

屈辱的なことをさせられているのに子宮が疼き、パンティにシミが滲んだ。

「ちゅぅ……腋グリグリしないれよ……んっ！　ンンンン～～～ッ！」

「チンポ臭をマーキングしようとしゅりゅなぁ！　おっぐ、むぐううぅ……っ！」

腋のくぼみを使って膣穴を犯すように肉竿が抜き差しされる。嫌悪感を露わにしようとしても、口の中は勃起肉でいっぱいで、上手く話せない。

カウパー線液と腋汗の混じった淫靡な香りが、周りに広がっていく。

「うう……頭に当たってひゅんだけど……ジ、ちゅう、んくぁぁ……ああ……っぅ～～～～～～っっ！」

「ふぐ、エウ、ぶぶじゅるうぅ……ぐ、私の髪をそんりゃことに使うにゃぁ……っくぅ、じゅりゅ、ちゅうう、ちゅううう……」

　ショートヘアの金髪に陰茎がぶつかり、頭皮ごとゴシゴシと扱かれる。ストレートロングの青髪は絹糸のように陰茎へ巻き付き、キューティクルの滑らかな感触を提供する。髪をオナニーの道具にされるという変態的すぎる状況。羞恥心と共に快美の稲妻が何度も神経を走った。

（おチンポだらけでおかしくなっちゃいそう……こいつらいい加減に射精しなさいよ！）

（臭くて息苦しい……くそ、こんなことで身体が疼くとは。このままではチンポに躾《しつ》けられてしまう）

　肉竿のことしか考えられなくなるほどの快楽地獄。クレイシアとアネットは押し寄せる絶頂の波に抗いながら、イービルロイドを悦ばせた。

　口も手も腋も髪もすべてがヌルヌルした感触に上書きされていく。周りで大臣やウッドエルフたちが見ていることも忘れ、淫らな宴に興じていく。

「じゅぶ……んぶ、はぐ、じゅちゅちゅちゅんっ！　ふぐ、はふ……んぅぅ……」

「ひゃぶ、んぐうう……ちゅ、んちゅ、れろ、れろれろれろれろ……」

「まだお高くとまっている感じがするなあ。もっと下品にチンポをしゃぶれ」

「じゅぶ、じゅぶ……じゅぷじゅぷじゅぷっ！　ふぉんと最低……ちゅご、ジジ……ジュポジュポジュポジュポ……ッッ！」

「外道め覚えていろ……じゅぼ、じゅぷぷ、ちゅぼちゅぼずちゅうううぅ～～っっ！　フグッ、ンぐ、ずじゅじゅうううぅ～～～～っっ！」

クレイシアは激しく頭を前後させ、口全体を使って肉竿を扱く。スピード感のある抽送に、ムクムクと海綿体が膨張する。

アネットは鼻の下を伸ばし、涼やかな美貌を馬のように歪めながら亀頭を吸引した。力強いバキュームフェラで鈴口が開閉し、ザーメンがすぐそこまで昇ってくる。

「じゅぷ、じゅぷ、んんっ……ちゅぶぶぶぅ……ふぁれ、今ビクってぇ……」

「ジっ……やひゃりこいつら……ふんっ、ううぅ、ちゅじゅじゅううぅ……！」

ビクビクとペニスが脈動し、射精が迫っていることを感じ取る。亀頭からはドロリとカウパー腺液が漏れ、カリ首がビクつく。

身体に触れるすべての肉幹が熱く滾り、香る淫臭が濃さを増してく。欲望をぶつけられるおぞましさに、二人は肌を粟立てた。

「オオオオオ」と獣が遠吠えをするような声が、唇のない口から出る。

(おチンポがすごく跳ねてる……射精しそうなんだ……)

(匂いが濃くなっている……熱いのが私の身体に……)

敗北するたびに味わったザーメンの臭気とネバつき、騎士のプライドを粉々にするオスの獣欲がすぐそこまで迫っている。

「じゅぶ……ンンぶっ、ふんん……チュパチュパチュパ……ッッ！　ヴヴ……ちゅううぅ」

「ふぐ……ずじゅ、ぞじゅぞぞぞ……っっ！　じゅう、ちゅううううぅ～～～っっ！ちゅう、ずちゅうううぅうううぅぅ～～～っっ！」

フェラチオを受けるイービルロイドは腰を振り、抽送音を奏でながら不気味なペニスにたっぷりと唾液を絡める。

手コキと腋コキ、髪コキを楽しんでいたイービルロイドも腰の動きを速め、性衝動に身を任せていく。

亀頭が一際強く震えた次の瞬間、白い水流が放たれた。

どびゅ、ビュクビュク……どびゅうううううぅっっ！　ぶびゅ、びゅば、ドプププウウウウウウウゥゥ～～～～ッゥッ!!

「ふぐっ!?　はぶ……んぐうううううううぅ～～～～～～～っっ！　ぐぷ、じゅぶ……ジジジジッ！」

「ふぶ、ぐぶうううううぅっっ!?　あぐ……おえ、うううううぅううううううぅぅぅ――――っっ！　げほ、うえええ」

ヨーグルトのように半固形のザーメンで、口の中が満たされる。すぐに嚥下《えんげ》することもできず、金髪と青髪の女騎士は盛大にえずいた。

イカのような臭気と舌にまとわりつく食味が不快だ。

「ゴク……ゴク……んくぅ……」

(臭いしマズいし最悪ね。こいつどれだけ射精《だ》すのよ。うう、身体中に精液の感触があるんだけど……)

「んう、ごく、ゴクンッ！　んく……ぐぷ、じゅりゅん」

(くっ、イービルロイドの汚物を飲むことになるとは。そして喉に絡みつくこの粘度……オーガ以上の性欲というのは本当のようだな)

窒息しそうなほどのザー汁を二人はなんとか飲み下す。人間よりも濃厚な白濁はプチプチと魚卵が潰れるような音を鳴らした。

手も腋も髪も白く汚れ、オスの欲望をマーキングされる。止まることを知らない怪物のペニスは、ビュクビュクと最後の一滴までザー汁を絞り出した。

「ハァハァ……あんたの言う通りにしたわよ」

「これで満足か」

「なにを勘違いしている？　お楽しみはここからだろう」

「え。やっ、なにしてんのよ！」

「おのれ……私に触れるな！」

クレイシアとアネットは子供が用を足すようなポーズで、イービルロイドに抱え上げられてしまう。

ミニスカートが捲れ、ピンクとブルーのパンティが丸見えだ。マン肉のぷっくりした盛り上がりが、下着の上からでもよくわかる。

「フェラチオ程度でワシが満足するとでも思ったか？　今度はケツの穴でヨガり狂うところを見せてもらうぞ」

「むちゃくちゃ言わないで！　こんな太いの入るわけないでしょ！」

下着越しに触れる亀頭の巨大さに怒りの声が上がる。フェラチオをするのも精一杯のキノコ傘を、よりにもよってアナルに挿入するなど正気の沙汰とは思えない。

排泄器官を陵辱される恐怖に冷や汗が流れる。

「フンッ、貴様らの都合など知ったことか。せいぜいワシを楽しませるようにケツ穴を締めるんだな。簡単に壊れるようでは人質を殺してしまうぞ？」

「この……あ。アア……あぁあああああああああああああああああああああああああっっ‼」

「ングッ⁉　ひ、ヒギイイイイイイイイイイイイイイイイイイイイイイィイッッ‼」

無骨な指先が下着をズラすと、射精の疲れを見せないデカマラが一息に挿入された。僅かに腸液を滲ませていただけの菊門を、愛撫もなしに割り開く。

やがて太すぎる肉竿はS字結腸まで到達することなく途中で止まった。しかし、淫口は限界ギリギリまで拡張され、ポッコリと恥丘が盛り上がる。

（こんなの大きすぎる……お尻が裂けちゃう……！）

（ぐうぅ……キツい。息が苦しい……）

熱した鉄棒のような肉竿の圧力に内臓を押され、息をするのも苦痛に感じる。身体中から滝のように汗が噴き出し、服も下着もビショビショだ。

騎士として訓練を受けていなければ、あまりの痛苦に発狂していただろう。

「さすがに一本丸ごとは無理だったか。まあいい。イービルロイド、たっぷり可愛がってやれ」

「ま、待って動かないで！　こんなの無理……いいいぃいいいいいいいいいいっっ！　えお、ごおおぉおおおおおおぉおおおおおっっ！」

「ヒグッ！　こ、腰を動かすなぁぁアアアアァァアアアアアアアアアアッッ！　はぎ、ぃうううううぅぅうううぅぅうう〜〜〜〜っっ！」

　イービルロイドが腕を上下に揺り動かすと、M字開脚にされた身体がビクンッと跳ねた。杭で串刺しにされたような痛みと衝撃が身体を襲う。

　クレイシアとアネットは白目を剥き、女性のものとは思えない悲鳴を上げた。一瞬で意識が沸騰し、背筋が弓のようにのけ反る。

　ズチュッ！　ドグッ！　ズプズプズプッ！　グンッ！　ドチュドチュドチュッ！

「ぐぎ、あが……オオオオオオオオオオオォォ――――ッッ！」

「っ……うううううぅぅ……ンウウウウウウウゥゥ〜〜〜〜ッッ！」

　肉槍がピストンを繰り返すたびに、眼球が裏返りそうなほどの快楽が脳天を直撃する。唾液で濡れてはいるものの、人間とは比べ物にならない太幹に、視界が点滅した。

　性器ですらない排泄器官を犯され、恥辱で頭がどうにかなりそうだ。

「ぐううぅ……あんた絶対に許さないわよ……！」

「この程度で私たちは屈しない。ハァハァ……いつまでも薄ら笑いを浮かべていられると思うな」

「ほう、思ったより持ちこたえるな。さすがは騎士と言ってやりたいところだが、そろそろ頃合いか」

「なにを言ってるの……う、あううぅぅ!?　か、身体が熱い……」

「ぐううぅ……アソコもお尻も燃えるようだ……貴様なにをした！」

突如股間を襲う熱に二人は戸惑う。膣穴からは愛液がトプトプと溢れ出し、挿入されているアナルからも、オマンコを犯されているような快感が湧き上がってくる。

「ワシはなにもしとらんぞ。ただ、こいつらのザーメンに媚薬が含まれているというだけのことだ。ククク、もうすぐ貴様らは快楽を貪ることしか考えられないメス豚に堕ちる。そうなってもまだ今のようなセリフが吐けるか見ものだな」

「薬で人を弄ぶなんて最低よ……ん、あうううぅ……」

「どこまで性根が腐り切っているんだ……ン、はぁあああ……」

快感が膣穴とアナルを侵食し、せつない疼きがどんどん大きくなっていく。特にアナルは巨大亀頭を受け入れ、腸内壁をキュウキュウとすぼませた。

苦しかった圧迫感が、徐々に心地よくなっていく。

「あうううううぅ……っっ！　お、お尻で感じちゃう……うう、ヒゥゥッ！　動かさないでぇえええええ……」

「チンポを動かすなぁ……ああ、ひゃあぁああああああ～～～ん！　くぅ、擦れるぅ……ンクウウウウウウゥゥッッ！」

菊皺が放射状に広がり、ブピブピと肛門内の空気が漏れ出る。アブノーマルなセックスをしているのに、快楽を覚えてしまう身体が恨めしい。

直腸壁は淫猥《いんわい》にうねって肉竿に吸着し、もっともっとと快感を求める。排便をする時の気持ち良さを何千倍にもしたような快美に、嬌声が止まらない。

「ン……キクぅ……はう……あああ……！　あぐうううぅ——っっ！」

「おっぐ、ウウ……キツい……！　ジ、あぐおおおおおおおおぉっっ！」

女性らしい色っぽさなどなく、獣のように喘ぎ悶えてしまう。苦しみと快感が同時に押し寄せ、肢体がくねる。

「お尻ダメ……だめなの……お、おうううぅ……っっ！」

「ゴリゴリ擦るのをやめろ……ああ、あぐうううううぅ――ッッ！」

太くたくましいピストン運動で、乳首もクリトリスも屹立《きつりつ》する。ブラジャーやパンティが擦れる感触さえも、今の二人にとっては劇薬だ。

淫裂がくぱぁっと開き、身体が上下に動くたびに絶頂が近づいてくる。頬はリンゴ色に染まり、息が熱を帯びていく。

（お尻感じすぎて変になっちゃう……うう、媚薬になんかに負けたくない！）

（尻穴がゾクゾクする……ダメだ、イキたくて仕方がない……）

ブシュブシュと直腸液を噴き出しながら、クレイシアとアネットは煩悶する。大臣のような外道に絶頂姿を見せるのは死ぬよりも屈辱的だが、快楽の波が止まらない。

巨大亀頭の力強さに、メスとして屈服させられてしまいそうだ。

「はぐ、ああああうッ！　入口をズリズリしないで……！　ひゃう！　ウウ……クッううううううぅ……っっ！」

「こいつらわざとゆっくり動いているのか。フンッ、グクウウ、おっぐああああぁあああああぁ――っっ！　へう、くあああぁ……っっ！」

イービルロイドは抽送の速度を落とし、カリ首で尻穴の入口付近を何度も掻いた。排泄物が出る時の快感が小刻みに押し寄せ、声に甘いものが混じる。

肉幹との段差でメリメリと菊皺が伸縮を繰り返し、アブノーマルな快感がエルフの女騎士を翻弄《ほんろう》する。

頭で感じてはいけないと理解していても、股間の疼きが止まらない。

「はぐ、ううう……くうううぅ……」

「ああ、はあぁぁ……あぎいいいいぃ……」

歯を食いしばり、悲痛な声を漏らす。懸命に快楽に耐える二人に、さらなる羞恥が襲い掛かる。

「お尻で喜んでる……あれで感じてるんだ……」

「お母さん、お姉さん、どうして気持ち良さそうにしてるの？」

「考えなくていいのよ。あの人たちは私たちのためにがんばってくれてるの」

「いや……聞かないで！　いやあぁぁ……ああ、あうううううぅっっ！　ふぅ、くうううぅ……っっ！」

「頼むから目を閉じてくれ。私のこんな姿を見ないでくれ……！　んぐうううううぅぅ……っっ！」

ウッドエルフたちの声と視線で、身体が燃えるように熱くなる。まだ年端もいかない子供にまで見られていると思うと、恥ずかしくて死んでしまいそうだ。

「ククク、顔がメスになっているぞ。見られながらケツの穴で感じるとはヴィクトールの騎士の質も落ちたものだ」

「どの口が言ってるのよ……！　媚薬さえなければこんなので……ぐうッ！　あが、おううううううぅ――――っっ！」

「貴様が騎士を語るな。外道め……あ、ぐうううぅッ!?　ほぉ、ガッ、ギうううううううぅ～～～～ッッ！」

言い返そうとしたところで、お仕置きとばかりにイービルロイドが再びピストン運動を早めた。

ドチュドチュと大きな音を立てながら、アヌスの奥の奥まで肉丸太が蹂躙する。神経に快美電撃が流れ、膣穴を犯されているように絶頂が近づいてくる。

「あうう、ぐっ……おおおああああぁああああああっっ！」

「クゥ、ウウウウ……ふぐっ！　いぢううううううぅ～～～～っっ！」

淫楽の奔流《ほんりゅう》が二人を呑み込む。火柱のような熱が肛門に押し寄せ、ピンッと開いた菊皺がルビー色に紅潮する。

繰り返し排便の快感を味わわされ、背徳の悦びに背筋が痙攣する。

「そんな……き、きちゃう！　お尻でイキたくなってる……！」

「くっ、こんな責めで私が……あぐ、うううううぅ――っっ！」

迫りくる快感の大波に、クレイシアとアネットは肛門をヒクつかせ、せつない声を張り上げた。

十分にほぐされた直腸壁は巨男根を締め付け、欲情の汁を滴らせる。そして、尻タブの震えに合わせるように、肛門アクメが訪れた。

「イク、イクイク……お尻でイクうううううぅ――――っっ！　はう、あう、アアアアアアアァァァ――――ッッ！♥」

「おぐっ！　ウウッ！　あああグッ！　イク……お尻で達する……！　ンン、ウウウウウウウウウゥゥゥ～～～～ッッ！♥」

排泄器官でアクメするという事実が、倒錯的《とうさくてき》な淫悦を二人にもたらす。肛門は火口のように盛り上がり、ブジュブジュと腸液を漏らした。

巨大な肉槍を恥ずかしい液体で汚し、恥丘を痙攣させる。

「くううぅ……こんなのでイクなんて」

「くそっ、屈辱だ」

絶頂が終わると自分の不甲斐なさに怒りがこみ上げてくる。不浄の穴で感じる姿を見られるなど、一生の不覚だ。

媚薬によって全身が性器のごとく発情し、下着をいやらしいシミだらけにしてしまう。そして、抵抗を続ける女騎士に休む暇もなく陵辱の手が迫る。

「ケツ穴でイッたか。亜人という種族は淫乱でいかんなぁ。ワシが目の前にいるというのに恥じらいはないのか？」

「だ、黙りなさい！」

ハーラルト大臣の視線を意識させられ、クレイシアは真っ赤になって叫ぶ。アネットも顔を赤くし目を伏せた。

「おまけにずいぶんとマンコが濡れているようだ。こちらにもブチ込んでほしいと見える」

「うるさいわね……っぅぅ、汚い手で触らないで!!」

「あうぐぅぅ……貴様に触れられていると思うと吐き気がする」

ハーラルト大臣は露出した膣穴に指を入れ、ねっとりとかき回した。指に愛液が絡み、感じている様を表すように糸を引く。

「そう意地を張るな。ワシがマンコ穴を満足させてやろう。こいつを使ってな」

大臣が手に持っているのは蛇のような双頭ディルドーだ。幹の太さはイービルロイドのペニスと変わらず、カリ首も立派に張り出している。

「貴様らは仲がいいようだからな。さらに親睦を深めるがいい」

「いやっ、そんなの入れないで！」

「やめろ……汚らわしいものを近づけるな！」

イービルロイドが動き、クレイシアとアネットは向かい合わせになった。互いのオマンコもアナルも丸見えの恥辱状況だ。

そして、二人の膣穴を接続するように双頭ディルドーがねじ込まれた。蜜壺が大きな水音を鳴らし、亀頭が奥へと突き進む。

ズブッ……ズググ、ズブブブウウウゥゥ～～ッッ！　グリュ、ズチュチュッッ！

「あぐ、ウウ……あぁうううううううぅ～～～～っっ！　んっ、ああああああああああああっ！」

「はうっ……クウウウウウウウウウゥゥゥッッ！　おお……へおおおぉおおおおおぉおお――――っっ！」

「ハハハ！　まるでチンポが生えたようだな！　さあヨガり狂え！」

「うひっ⁉　い、今動かされたら……」

「クレイシアと繋がっているのにそんなこと……」

アナルに挿入していたイービルロイドが、ピストン運動を再開する。身体が上下に揺り動かされ、快楽の奔流が直腸壁をゴリゴリと穿つ。

さらに、身体の動きに合わせて双頭ディルドーが激しく震えた。相手の動きがダイレクトにオマンコを直撃し、快美の雷が花弁を震わせる。

二穴を犯される淫悦楽は、一瞬にして理性を融解させた。

「あっぐ、ンンンンンンンンンンゥ――――ッッ！　アソコくるうううううううぅっっ！　ほぉ、あうう、ウウウううぅううぅううぅっっ！」

「ああ、はあああ……ンクウウウウウウウゥ～～～～ッッ！　私の中に響く……ふぅ、ふぅ、くぅぅ……はぁあああぁあああああああああっっ！」

淫悦の二重奏で打ち上げられた魚のように肢体が跳ねる。腕のごとく太い肉幹の圧迫感で膣内壁が拡張され、被虐快感が子宮を発情させた。

「あう、うう、ハアアァアアァ……ッッ！　アネット……あまり激しく動くとわたし感じちゃう……クゥ、ンはぁぁぁ……っっ！」

「んくうううぅ……す、すまない。だがそっちも腰を動かしすぎ……お、ほおおぉっ！　はぐうううううううううぅうううっっ！」

互いの動きが快楽に直結し、クレイシアとアネットはケダモノのような嬌声を上げる。

蜜壺からは絶えず愛液が溢れ、ディルドーをヌラヌラと光らせた。

クリトリスも痛いほどビン勃ちし、ピンクの肉芽を震わせた。想像を遥かに上回る陵辱快楽に、もうチンポのこと以外考えられない。

「はうッ！　ああ、クウウウウウウゥ～～ッッ！　振動が伝わってきちゃう……ああ、やあああぁあああああっっ！」

「クレイシアの気持ち良さが私にも伝わる……オマンコが悦んでしまう……あう、ううう、ウウウウウウウゥゥゥゥウゥ――――ッッ！」

連動する淫悦でメス穴が一気に発情する。相手を想い腰の動きを止めようとするほどに、ディルドーの存在を意識し感じてしまう。

膣口は透明な蜜でビショビショで、イキたいという感情を抑えられない。

（アネットとこんなことしてるなんて……恥ずかしいけどドキドキする）

（クレイシアの顔がすごく赤くていやらしくなっている……私も同じような顔をしているのだろうか……）

向かい合わせで犯しあっていると、恥辱が天井知らずに襲い掛かってくる。お互いの膣口の濡れ方や、陰唇のヒクつきが見たくないのに見えてしまう。

お風呂でも見ることのない戦友の恥部に、どうしようもなく性欲が昂ってしまい、子宮が下りてしまう。

「二人ともすごい顔……あんなに大きいのを入れられてるのに」

「女の子同士ですごく気持ち良さそう」

「うわぁ、すっごい音してる……」

ディルドーが奏でる激しい淫音に、ウッドエルフたちは顔を赤くし口を押さえる。ベヒーモスとも戦う特務部隊の騎士とは思えない痴態の数々。

二人に対する期待が失望へと変わっていく。

「はしたなくマンコを濡らしよって淫売が。ウッドエルフどもも呆れているぞ」

「あう、ううぅ、んあぁああ……っっ！　余計なこと言わないで……！　はぁ、クゥウウ……ああぁあああぁあああああぁあああぁ——っっ！」

「みんな向こうを向いていてくれ……！　あぐ、んぐううううぅ……マンコに響くぅ……ああ、うううううううううぅ〜〜〜っっ！」

ウッドエルフの女性や子供たちの視線が、二人をさらに追い詰める。化け物に肛門を犯され、膣穴にディルドーを突っ込まれた状態で喘ぐ姿は、どこからどう見ても快楽中毒の変態女だ。

媚薬のせいだとわかっていても、恥ずかしさがこみ上げてくる。

「おお……ンおおぉ……うううううううぅぅ——っっ！」

（オマンコもアナルもすごい……イキたい……イキたくて我慢できない！）

「あぐ、があ……アアァアアアアアアアアアァ——ッッ！」

（私のマンコが発情している……アクメしたくてたまらない……）

クレイシアとアネットは快楽の激流に呑まれ絶叫する。ガクガクと痙攣する身体の動きに合わせ、双頭ディルドーが縄跳びのようにくねった。

菊門も蜜壺も卑猥な液体を溢れさせ、思考が真っ白に染まっていく。乳首とクリトリスもう限界以上に勃起していた。

「ひぐっ、おおっ、ンひィイイイイイイィ〜〜〜〜ッッ！　ディルドー触らないで！　あう、あああああああああっっ！」

「ククク、まるで縄跳びでもしているようだな」

「このクズが！　絶対に殺してやる……ぐ、ぬううううううぅ！　ひゃう！　やっ、動かすなぁ！　あんっ、あうううううぅ……っっ！」

ハーラルト大臣がディルドーを掴み、グニグニと上下に動かす。大きく波打つ疑似男根の衝撃に、少女たちは絶叫した。

身に余る巨根の質量にメスの秘奥が開花し、激烈な快美にピンク色の粘膜がヒクヒクと痙攣する。

「女同士で大した乱れようだな。ディルドーをくれてやるからつがいにでもなったらどうだ？」

「アネットを馬鹿にしないで……！　わたしたちはあんたなんかに負けない！　んっ、あぁ、はうううううぅ——ッッ！」

「その程度の言葉で騎士の誇りが汚されるものか！　うう、んあああぁ……がぐううううううぅう……っっ！」

屈辱的なセリフを吐かれようとも、二人は騎士としての矜持で心を支える。しかし、愛液と腸液はとめどなく湧き出し、膣肉は淫らに火照る。

何度も何度も意識が消え入りそうになり、子宮の疼きは大きくなるばかりだ。そして、イービルロイドがトドメとばかりにアヌスピストンの速度を上げた。

ドチュッ！　ズチュ、ドチュドチュドチュッ！　ズブ、ズブブブブゥ～～ッッ！

「あぐっ、ガ、あぐっ！　アアアアアアアアアアアァァ――――ッッ！」

「おごっ!?　グ、ジジ……おおおおおおおおおおおぉっっ！」

傘のように開いたカリ首が直腸壁をゴリゴリと削り、絶望的なアヌス快美にクレイシアとアネットは声を張り上げた。

杭を打ち込むかのごとき衝撃にディルドーも震え、子宮奥が快美刺激にわななく。腸壁がジンジンと痺れ、男根に意識が支配される。

「そ、そんなに速くしないで！　わたしのお尻壊れちゃうから……！　あ、ゔゔ、ひぐうううううううぅ――――っっ！」

「やめろ身体を揺らすな！　揺らすとディルドーが……ぎぅ、ウウウウウゥぅッ！　オマンコがおかしくなるウウウウゥゥ～～～ッッ!!」

膣穴とアヌスをミッチリと肉幹が埋め尽くし、充足感と恍惚の悦楽が押し寄せてくる。メス壁が柔軟に広がり、二穴がメスとして躾けられていく。

(動いちゃダメだけどこんなの無理……！　ああ、アネットもすっごくエッチな顔してる……)

(クレイシアには悪いが自分を抑えられない。くうぅ……私のせいであんなにいやらしい顔を……ぐ、ダメだ。腰が跳ねてしまう！)

上目遣いで涎を垂らした淫猥な顔が互いの羞恥を高める。まるで自分が男になったような倒錯快美に、射精願望までもが頭をよぎった。

現実と空想の境界がわからず、メスのフェロモンをまき散らしながら、魔悦の被虐絶頂へと堕ちていく。

「もうダメ……イク……イッちゃう！」

「くうぅ……耐えられない……達してしまう！」

快楽が理性を上回り、壊れたように腰がガクガクと痙攣する。ハーラルト大臣の下卑た視線も、怯《おび》えるウッドエルフたちのことも、もう考えられない。

「イービルロイド、トドメだ。貴様のチンポを奥まで突っ込んでやれ」

「い……いや……そんなの無理よ！」

「ぐぅ……やめろ！　アナルが壊れてしまう！」

半ばまでしか入っていないオス凶器を奥までねじ込まれる恐怖。二人は必死で訴えるが、大臣は聞く耳をもたない。

イービルロイドは一度ペニスを引き抜くと、女騎士の身体を高く持ち上げた。そして、罪人を処刑するように、自らの肉槍に向けて振り下ろす。

「いやぁあああああああああぁぁ――――っっ！」

「やめろおオオオオオオオオォォ――――ッッ！」

絶叫と同時に巨大な陰茎がアナルの奥底を穿つ。身体がバラバラになりそうな衝撃と共に、アクメが背筋を昇ってくる。

Ｓ字結腸まで届く挿入の衝撃に亀頭が限界を迎え、イービルロイドも欲望のままに精を解き放った。

ドビュ、びゅくく……ドッビュルルルウウウウゥ――――――ッッ！　ビュク、どばっ！　ブビュルルルルルルウウウウゥ――――――ッッ！

「おごっ！♥　おお、ほおおおぉおおおぉおっっ‼♥　イグ♥　イグイグイックううううううううぅぅ――――――っっ！♥」

「あお、へおおおおおおおおぉぉおっっ！♥　イグ♥　ンあああぁぁ――――――っっ！♥　あえ、ひいぃぃいん♥　オマンコぐりゅううううううぅっっ！♥」

火傷しそうなほどのオスミルクを尻穴に注がれ、はしたなくアクメ声を上げる。双頭ディルドーも上下に激しく跳ね、膣穴をグリュグリュと押し広げる。

二穴を襲う快美刺激に、クレイシアとアネットはアヘ顔で快楽を享受した。すべてが快楽で彩られ視界がぼやける。

「ああ……へぇ……ふぇぇえ♥」

「あひ、ひいいいぃ……♥」

言葉にならない声を漏らし、虚空を見つめる。騎士としての矜持も任務を遂行する使命も、今は考えられなかった。

◆◆◆◆

「ククク、中々面白い見世物だったぞ」

「はぁ……ハァハァ……」

「……黙れ」

大臣の命令でイービルロイドから解放された二人は、地面に横たわり肩で息をしていた。開き切ったアナルからは、まだ精液が漏れ出ている。

「あんたの言う通りにしたわよ。約束を守りなさい」

「約束？　はて、なんのことだ？」

「とぼけないで！　わたしたちが言いなりになれば、ウッドエルフたちを解放するって約束でしょ！」

ふざけたように首を傾《かし》げる大臣に、クレイシアは怒りを露わにする。アネットは半ば覚悟していたのか、ぎゅっと拳を握った。

「ああ、そんなことも言ったか。ではその話はなかったことにしよう」

「なっ、なに言ってるの!?」

「ワシと貴様らでは立場が違うことを理解していないようだな。なぜ亜人のような下等種族との約束を律儀に守らねばならん？　エルフどもはワシが楽しむための玩具だ。生かすも殺すもな」

これまで戦ってきたどの悪党とも違う圧倒的な悪。人の道理など欠片も通じない真の怪物は、今日の天気を話題にするような気軽さで言い切った。

「嘘……そんな……」

「クレイシア、もういい。ほんの少しでもこいつに人の心があることを期待した私が悪いんだ。後はなんとかする」

「まだなにかするつもりか？　ククク、まぁ無駄だと思うがな」

アネットは注射器を取り出すと、太い針を首筋に当てた。瞳には苦渋と葛藤の色が浮かんでいる。

(銀の奴に使うつもりだったが仕方がないな……。この男は絶対に許せない)

イービルロイドたちはウッドエルフの生き残りへ爪を向ける。爪の先端では紫電がバチバチと火花を散らしていた。

「最近の若者はすぐキレる。いかんなぁ。もうワシの話を忘れたのか？」

「囀《さえず》るな。今すぐ終わりにしてやる」

押し子に指をかけ、筒内の薬液を注入しようとするアネット。妹と仲間たちの仇を前に、ドス黒い怒りの感情が噴き上がる。

しかし、それ以上アネットの指が動くことはなかった。クレイシアが立ち上がり、大臣へ向かって歩き出したのだ。

「――――」

「クレイシア？」

「やれやれ、下等な亜人は言葉も理解できないようだな」

困惑するアネットと下卑た笑みを浮かべるハーラルト大臣を無視して、クレイシアは胸の内から湧き上がる言葉を詠唱する。

――少女は灯りを羨望した。

――少女は鳥を探して旅に出た。

――少女は思い人と出会った。

記憶にない初めて唱えるはずの呪文、しかし詠唱に一切の淀みはない。

――そして少女は戦った。

――そして少女は魅せられた。

――そして少女は知った本当の幸せを。

「なにをわけのわからないことをブツブツと……もういい！　ウッドエルフどもを八つ裂きにしろ！」

イービルロイドが吠え、一斉に魔法を放った。無数の雷がウッドエルフたちへ向かう。

クレイシアはその前に立ち、歌うように最後の一節を紡ぐ。

「――解除《アクティベート》」

瞬間、防御魔法が展開し、魔法陣が盾のように雷を防いだ。その強度は最強の防御魔法、《絶対防御《ファランクス》》以上だ。

「ば、馬鹿な!?　エルフごときがイービルロイドの魔法を防ぐなどありえん！」

「クレイシア、お前は一体……」

想定外の事態に狼狽える大臣と、親友の変貌《へんぼう》に目を丸くするアネット。視線の先にいるのは金髪の少女騎士ではない。

「ふぅん、防御魔法ってこうやるんだ。まっ、なんだっていいけどね。この屑をぶち殺せるなら」

湧き上がる殺意を隠すことなく、クレイシアは言う。姿はほんの数秒前とはまったくの別物だ。

髪は紫がかった白髪に変色し肌は褐色、背中から生えた羽と先端がハート形の尻尾は、悪魔のようだ。

騎士の装束は消え去り、扇情的《せんじょうてき》な下着を想起させる衣装が胸と股間を隠す。少女の全身から溢れ出る魔力は、ただそこに立っているだけで木々を揺らし、地面を蜘蛛の巣状にヒビ割れさせた。

「お前たち、なにをボーっとしている！　殺せ！　奴らを人質もろとも焼き尽くせ!!」

「「「オオオオオオオォォ――――ッッ！」」」

「どいて。あなたたちには興味がないの」

大臣の命令で再びイービルロイドが魔法を放ち、爪や拳を振り上げ襲い掛かる。だが、今度は防御魔法を発動させる必要すらなかった。

クレイシアを護るように絡みつくオーラの渦が、すべての攻撃を遮り、敵の肉体を光の粒子に変換する。

周りにいたイービルロイドは戦いにもならず、一方的に屠られていった。

「き、貴様、まさか《宵闇の使者》《ダークエルフ》なのか!?」

「なによそれ」

「国王は言っていた。エルフが進化した姿で生きとし生けるものの天敵、ベヒーモスを滅ぼす存在だとな。くそっ、だがあれは、ただの噂話にすぎんはずだ！」

「説明ありがと。でもどうだっていいわよ。だってあんたを殺すことと関係ないし」

深海のように暗く冷たい声でクレイシアは言う。いつも明るく正義感に満ちあふれていた少女のものと、まったくの別物の声音だった。

圧縮された殺意の塊だけが、大臣の元へと突き進む。

「えーい！　誰か！　誰かワシを守らんかっ！　ワシの盾になることぐらいはできるだろうがっ‼」

森に配置していたイービルロイドがすべて集結し、守りを固める。だが、今の少女にとってそんなものは砂の城よりも軽く脆い。

力任せに振るう魔力の波動だけで、強靭な肉体が崩壊する。瞬く間に肉盾が壊滅し、一人になった大臣は激しく取り乱す。

「ひぃいぃ……！　近づくな！　ワシを誰だと思っている！　ヴィクトール王国大臣、国王の次に偉いんだぞ！　ワシに手を出したらどうなるかわかってるんだろうな？　国外追放だけじゃ済まされない。家族も仲間も友達もなにもかも犠牲になるんだぞ‼」

「じゃあ確実にここで殺しておかないといけないわね。でしょ？」

「ヒッ、はぎっ⁉　ギャアアアアアアアアアアアアアアアッ！」

クレイシアの放った魔力の弾丸が、大臣の右足を打ち抜いた。大腿骨が砕け胡桃《くるみ》サイズに開いた穴から血が噴き出す。

「ぐううぅ……くそっ！　騎士の分際でワシに逆らうとは。誰か！　早く！　早くアイツを殺してくれぇぇ‼」

「この害虫まだしゃべるんだ。左足も同じにしたら黙るかな」

「ヒイイイイイイイイイイイッ！　あがあぁぁあああああっ！」

ボキンッと鈍い音が響き、右足と同じように左足にも穴が開く。クレイシアは絶叫し転倒した大臣に近づくと、折れた右足をヒールで踏みつけた。

「ギャアッ！　や、やめろ！　うぎイイイイイィッ！」

「うるさいわね。さっきまでの態度はどうしたの？　亜人は下等生物だってもう一度言いなさいよ」

「あわわわ……あわわ……だ、だ、だ、誰か……、誰かワシを……！　金ならいくらでもくれてやる！　だからっ！」

腰を抜かし、土下座しながら助けを求める大臣の頭をクレイシアのヒールが圧迫する。

地面に顔を埋めるように、徐々に力が込められていく。

「うぐぐぐ……」

「あー、いい気分。ほんと人間ってくだらないわよね。ちょっとこっちが強くなったらこれだもの。これからはみんな私たちエルフに従えばいいんじゃない？　逆らう奴は皆殺しにしてさ」

桁外れの魔力を得た実感に、ダークエルフとなったクレイシアは昏《くら》い笑みを浮かべる。

今ならベヒーモスの大群であろうと、一人で屠ることができるだろう。

それどころか、ヴィクトール王国の全騎士を敵に回しても負ける気がしない。自分が女王になることさえ可能だと思えてくる。

「じゃあ、そろそろ死のっか。ぐちゃって割れたスイカみたいにしてあげる」

「た、頼むワシが悪かった！　許してくれ！　この通りだ！」

「そのセリフは殺された人たちに言いなさい。さよなら」

「待てクレイシア！　待ってくれ！」

一切の躊躇《ちゅうちょ》なく足に力を込める姿を見て、ついにアネットが声を上げた。

「……アネットどうして止めるの？　あ、そっか。妹さんたちの仇は自分で殺したいよね。気が回らなくてごめん。後は好きに切り刻んでいいよ」

「そうじゃない。お前は人でも魔族でも可能な限りわかり合う道を探す奴だ。ましてや不必要に痛みを与えるなんてことは絶対にしない。今のやり方はダークエルフの力に呑まれている」

「だったらなにか問題？　今更わかり合うなんて無理でしょ。だってこいつとベヒーモスに違いがあるとは思えないもの。あらゆる種族に害を成す怪物よ」

「それでもだ。もうその男は動けない。後は司法の場で裁きを受けさせよう」

感情のままに力を行使するクレイシアを、アネットは目を逸らさず見つめる。積年の復讐心よりも大切なものがそこにはあった。

「綺麗ごと言わないでよ。アネットだってこいつを殺したいんでしょ？」

「ああ、もちろんだ！　私も一瞬前までそうしようと思っていた！　でもそれでお前に大臣と同じことをしてほしくない。力さえあれば弱者を踏みにじっていいと思ってほしくないんだ！」

「アネット……」

懸命な声が波紋のように胸に広がっていく。嵐が過ぎ去るように、怒りに振り回されていた心が鎮まり、騎士として戦い共に暮らしてきた日々が頭を巡る。

気が付くと、クレイシアは元の姿に戻っていた。美しい金髪が風になびく。

「あれ、わたし……なにをしようとして……」

「大丈夫だクレイシア。もう大丈夫」

アネットは親友に駆け寄り、ぎゅっと抱きしめた。クレイシアは夢を見ていたように、キョロキョロと辺りを見回す。

こうしてハーラルト大臣を巡る任務は幕を下ろす、かに見えた。

「ククク、馬鹿どもが！　油断しおって！」

「――――ッ‼　クレイシア危ない！」

「えっ」

隠し持っていたナイフを握りしめ、ハーラルト大臣が襲い掛かる。治癒のマジックアイテムを隠し持っていたのか、両脚の穴はすでに塞がっていた。

クレイシアを突き飛ばしたアネットの無防備な身体に、凶刃が迫る。

「ハハハハハハ！　ワシに舐めた態度を取るからだ！　あの世で後悔しろクソエルフが！」

狂ったように笑い唾をまき散らしながら、大臣はナイフを突き立てようとする。だが、刃が少女に食い込む前に、その腕を掴む者がいた。

「はーい、そこまで。まったく元気なじいさんだな」

「な、なんだ貴様は……がっ……」

音もなく金髪にバンダナを巻いたエルフの男が現れると、鳩尾《みぞおち》を殴って大臣を気絶させ担ぎ上げた。かなり大柄で身長は一九〇センチを超えるだろう。

仲間なのか男の後ろにはピンク髪のエルフの女性と、猫耳の少女がいた。

「お、お前はあの時の！」

「あなた一体何者⁉」

「広場で会った時以来だな。んじゃ今回は自己紹介させてもらうぜ。俺の名前はリューゲ。エルドラドってとこの頭を張っている。組織の名前くらいは聞いたことあんだろ？」

エルドラドは数あるレジスタンスの中でも最大の組織だ。騎士団が長年足取りを追っているが、拠点も首謀者もまったく不明。

謎に包まれていたリーダーが演説に不満を漏らしていた男と同一人物と知り、二人はぽかんと口を開けた。

「ちゃんとキーホルダーを着けてくれたみたいだな。おじさん嬉しいぜ」

「あっ！　あれってそういうことだったんだ」

鞄に着けたキーホルダーはエルドラドの人間にしか感じられない魔力を帯び、二人の位置を知らせる発信機の役割を果たしていたのだ。

エルドラドが幻惑魔法に惑わされずに保護区に辿り着けたのは、このためだろう。

「エルドラドの頭が大臣になんの用なの？」

「こいつに恨みを持っている奴は王国中にいるんだよ。だが裁判やっても金と権力でもみ消されちまうだろうし、法律に任せるってわけにはいかねえんだ。だからこっちで処分しといてやるよ」

「勝手なことを言うな！　そんなことを許すわけがないだろう！」

「アネット・ストール、あんたが味わった苦痛には足りないだろうが、必ず報いは受けさせる。それとクレイシア・ベルク、ダークエルフ化は感情が昂っちまうが訓練次第で制御できようになる。力を使いこなすことができれば必ず役に立つはずだ。じゃあな、また会おうぜ！」

「待って！　どうしてわたしたちのことを――」

猫耳の少女が呪文を唱えると、大臣と一緒にリューゲたち三人の姿が消える。残されたクレイシアとアネットは茫然《ぼうぜん》と彼らが消えた空間を見ていた。

なぜ名乗っていない自分たちの名前や過去を知っているのか、疑問がすでに混乱しきった頭の中で渦を巻く。

「……想定外の事態だな。ここは一度ザラ作戦参謀の指示を――クレイシアッ!!」

手足から力が抜け、クレイシアは眠るようにその場に倒れる。必死に叫ぶアネットの声を聞きながら、少女の意識は闇に沈んでいった。

◆◆◆◆

数日後。某所、スラムの一角。

「は、放せぇ！　ワシを誰だと思っておる！　ワシに逆らうつもりなら、貴様らなぞヴィクトールにいられなくしてやるわ！」

ハーラルト大臣は鉄製の十字架を背に手足を縛られ、身動きのできない状態にされていた。

「ふ～ん。で、どうやってしてくれんだ？　ちと俺に教えてくれよ。あっ！　ひょっとして企業秘密ってやつか？　だったらさ、こっそり耳打ちしてくれよ。小声でも俺のエルフ耳には聞こえるぜ」

「ぐぬぬぬぬ……！」

リューゲが冗談めかして言う。口調は軽いが目は笑っていない。

「頼むからワシを放してくれ。そうだ金なら言い値で払うぞ！　いくらだ⁉　いくら欲しい⁉」

「いらねーよそんなもん。よく言うだろ？　世の中にはお金よりも大切なものがあるってな」

「貴様……ならワシをどうするつもりだ？」

「あぁ？　なにもしねぇよ。俺は、な」

足音が聞こえ、大勢の民衆が大臣の周囲に集まってくる。あっという間に人だかりができた。

「「「…………………………………」」」

「有象無象《うぞうむぞう》どもが集まってなんの用だ？　……そうだ！　貴様らどうせ寄せ集めの貧乏人どもなのだろう？　なら、ワシを助けろ！　助けてくれた奴に金をやる！　金が欲しいんだろ？　ほら助けろよ！　ぼさっとするな！」

「なぁ、もういいだろう？」

「これ以上、こいつの顔見てると吐き気がする」

「私、もう待ちきれない」

民衆が怒りに声を震わせる。その手にはナイフや棍棒などの凶器が握られていた。

「おっと、おしゃべりしてる場合じゃなかったな。つーわけで、俺はもうなにもかかわらねぇ。天下のヴィクトール王国の大臣様をどうするか？　後は好きにしたらいい」

手をヒラヒラと振ってリューゲは退場する。後には大臣と民衆だけが残された。

「さてと、ハーラルト——覚悟はできてんだろうな？」

「ん？　なんだ貴様？」

「オマエに両親を殺された者だよ！　ぶつかったたって理由だけででっち上げの罪を着せられて処刑されたな!!」

男が大臣の腹を力いっぱい殴る。どずんっと肉のたわむ音がした。

「ぐはっ……！」

「待てよ！　お前だけじゃねぇんだ。このクズのこと殺したいってやつはよ。だから、まだ殺すな」

「…………」

「俺はな婚約者を殺された。エルフだったんだ。こいつは彼女を犯した後、両手両足をバラバラにして、それを俺に送ってきやがったんだ」

「……くぅぅっ！」

別の男が大臣を斬りつける。鮮血が派手に飛び散るが、怒りに任せ力が入りすぎているせいで急所は外れていた。

「私は父親を殺された！」

「ぎいいいいいっ！　はあー、はあー……、頼む……命だけは……。許してくれ……。金ならいくらでも払う。もう酷いことはしないと誓うからぁぁぁ」

（ククク、この場さえなんとかなれば後はどうにだってなる。ワシは万物を得る男。こんなところでゴミどもの手にかかるわけには）

「……ぐだぐだ、うるせぇな」

「――――……!!」

また別の民衆がナイフを突き立てた。男も女も子供も老人もエルフも獣人も、あらゆる性別年齢種族関係なく怒りをぶつける。

大臣はもがき苦しんだ。目を潰されなにも見えない、口を裂かれ満足に話すことができない、悶え苦しみ暴れる自由すらもない状態で苦痛を与えられ続けた。

「も、もう無理だ……許して……許してくれ……」

虫の息になった大臣がかすれた声で言う。全身血まみれでもう痛みも感じない。

「《リザレクション》」

しかし、エルフの女が大臣に癒しの魔法をかけた。エルフの高い魔力でかけられた治癒の魔法は、瀕死の状態だった大臣をあっという間に元に戻し、回復させていた。

「何度だって治療する。痛みを感じないなんてこと絶対にさせない。苦しまないなんてありえないから」

死ねばそこで終わってしまう。より長く苦しめなければ気持ちが収まらない。今与えている痛みなど、大臣がこれまでやってきたことに比べれば、小指の爪の先の先にも及ばないのだから。

「……助けて……金なら払う……。頼む……。金ならいくらでも払うし、国の要職にだって就かせてやる」

大臣は思いつく限りのエサをぶら下げ続けるが、誰も聞く耳を持たなかった。耳を削がれ、睾丸を切り取られ、再び地獄の時間が始まる。

「殺して……頼む……、もう殺してくれ……。お願いだ……。殺して……誰かワシを殺して……頼む……殺してくれ……殺して……殺して」

大臣が両腕を斬られたら両腕を再生させた。大臣が両脚をもがれたら両脚を再生させた。大臣が目や喉を潰されたら目や喉を再生させた。

数日経ち、数ヶ月経っても、恨みを持つ者たちは途絶えなかった。苦しみ苦しみ苦しみ抜いて、回復魔法すら受け付けられなくなるぐらい限界の限界まで消耗して――、一年の歳月をかけて、大臣はようやく死に到ることができたと言い伝えられている。

第四章　悪夢の初体験

数日後、特務部隊本部。

アネットの手によって帰還したクレイシアは、医務室のベッドで眠りについていた。風邪を引いたように頬は赤く、汗がじっとりと寝間着を濡らす。

ハァハァと荒い息を吐きながらシーツを掴み、悪夢を見ているのか寝顔は苦悶に歪んでいる。

すぐそばではアネットとザラが様子を見守っていた。

「ザラ作戦参謀、クレイシアの容体は本当に問題ないのでしょうか？　私にはとてもそうは思えないのですが」

「担当した医師の報告ではそうなっています。大きな外傷もなく、媚薬の影響もなし。毒や呪いのような異常も確認できませんから、うなされている理由は彼女自身にあるのでしょうね」

「ダークエルフ化……か」

イービルロイドを一蹴した圧倒的な力、その代償が少女の身体を苛んでいた。

「とある筋からの情報なのですが、慣れていない状態でのダークエルフ化には淫夢を見る副作用があるそうです。クレイシアは過去の記憶に苦しめられていると考えるのが自然ですね」

「私は彼女に救われました。なんとかしてやることはできないのですか！」

「落ち着きなさいアネット。現状私たちにできることはなにもありません。ですが夢は必ず覚める時がきます。あと数日もすれば元気な姿が見られるはずですよ」

「……了解しました」

不安を押し殺しアネットは頷いた。もしこのまま目覚めなかったらと思うと、とても平静ではいられない。

「それにしてもザラ作戦参謀の情報網には舌を巻きます。ダークエルフの存在自体が噂話のようなものなのに副作用まで把握しているとは」

「女には色々と秘密があるものです。あなたと同じようにね。まあ、クレイシアがダークエルフに到ったと報告を受けた時はさすがに驚きましたが」

ザラはクイッと眼鏡を上げげつつ、ベッドで眠る少女の姿を見る。

「あの報告書は驚くことばかりですね。かなり手直しをしないととても上には出せません」

「も、申し訳ありません」

「ふふ、謝ることはありませんよ。ダークエルフの力は騎士団にとって大きな戦力になりますから。ただ混乱を招くといけないので、しばらくは特務部隊だけの秘密にしておきましょう」

「ハーラルト大臣とエルドラドのリューゲの消息が気になります。彼らを捕まえない限り任務は終わりません」

「両者の行方は目下捜索中ですが、エルドラドが噛んでいるとなると発見は難しいでしょうね。ですが、任務としてはウッドエルフの証言で大臣の疑惑を確定できました。ここから先は私や隊長の仕事です。アネット、よく働いてくれましたね」

握手を求めるザラの手をアネットは握った。まだ多くの謎が残っているが、ひとまずこれで任務完了だ。

「ずっと看病していて疲れたでしょう。後は私が見ていますからしっかり身体を休めなさい。《赤い月》のこともありますしね」

「《赤い月》……大量のベヒーモスがこの国を襲うなんて、本当なんですか？」

数日前にザラがとある伝手《つて》から掴んだという情報。今から二ヶ月後に訪れる赤い月の夜に、ベヒーモスの大群がヴィクトール王国を襲うというのだ。

混乱を避けるため騎士団でもまだ一部の実力者にしか伝えられていないが、もし事実なら一夜にして王国は滅ぶだろう。

「まだ確証は掴めていません。ですが、ベヒーモスの出現率は上昇を続けています。万が一を考え、できるだけ万全の状態にしておいてください」

「わかりました。ではお言葉に甘えさせていただきます」

ザラに一礼してアネットは退出する。夢の世界に残されたクレイシアは、悪夢に囚われ続けていた。

◆◆◆◆

「くっ、放して！」

過去の記憶と酷似した悪夢の一シーン。

薬草採取の依頼を受け森に入ったクレイシアは、スライムに捕まってしまっていた。水溜りが突如ゲル状の生物として動き出し、無防備な少女の身体を呑み込んだのだ。

水色でプルプルしたボディが肌にまとわりつく。

（なんて力なの……逃げられない！）

手足はガッチリとホールドされ、剣に手を伸ばすこともできない。現実のクレイシアなら不覚を取るレベルの魔物ではないが、夢の中ではまるで歯が立たない。

乙女の肢体をいいように弄ばれてしまう。

「あうっ！　くううぅっ！　胸を触らないで！」

ゲル状の塊がIカップのメロン乳房を掴むと、力を入れて愛撫を始めた。ひんやりと冷たい感触に鳥肌が立つ。

自分が魔物の中にいる不安で汗が止まらない。

むにゅ、ふにゅにゅん！　ムニ、むにむにフニュンッ！

「くっ、あううぅ……はぁ、あああああっ！　ぐぅ、うう……ハグウウウウウゥ……ッッ！」

（胸が苦しい……乱暴にしないで！）

スライムは女性への気遣いなど欠片もなく身体を蠢かせる。強く掴まれた巨乳房が大きくたわみ、クレイシアは痛みで悲鳴を漏らす。

このままでは胸がちぎれてしまうのではないかと、心臓が鼓動を速める。

「ぐうぅぅ……ああ、あぐアアアアアアアッ！　それ以上触ったら許さないわよ！　ひ、ひゃううぅぅんっ⁉　乳首弄るなぁ！」

スライムの一部が細い紐のようになると、スリスリと乳頭を擦る。先端だけこそばゆい感覚に襲われ、肉付きのよい肢体が大きく跳ねた。

屈辱的な責めを受けているのに、甘酸っぱい吐息が漏れていく。

「こいつなにを考えて……あっ、ヒグゥゥ⁉　いやっ、やめて！　入ってこないで！　お、ぐうううううぅ……ングウウウウウウウウウウゥゥッ！　へお、あぎいいいいいいいいいいいいいっっ！」

紐状のボディが乳首の中に侵入を始め、クレイシアは瞳を見開き声を張り上げた。太い針を刺されたような痛みに視界が点滅する。

このまま飛び起きることができれば楽なのだが、悪夢は覚めてくれない。

「ぐひいいいいいいいいぃっっ！　あぐ、ゔゔ……ぎいいいいいいいいぃ！　いや……んぐうううううううぅっっ‼」

(痛い痛い痛い痛い痛い！　胸がキツいぃ……！)

歯を食いしばり痛みに悶絶する少女騎士。胸の中を異物が暴れ回り、乙女のものとは思えない野太い声が出る。

寄生虫が体内にいるようで、おぞましい気配に肌が粟立つ。

「ぎう、くううううううぅ……！　はぁ、あああああっっ！」

（胸の奥が熱い……わたしの身体になにをしているの⁉）

ジクジクと火に炙られているような熱が乳腺を刺激する。スライムの柔らかい身体はクレイシアの体内を縦横無尽に動き回り、魔力をたっぷりと放出した。

少女の肉体が変質していく。

「ぐうぅ……はぁ、ハァハァハァ……」

（これで終わったの……？）

ニュポンッと紐状のボディが引き抜かれると、クレイシアは肩で息をする。拷問としか思えない苦痛を受け、頭の中はぐちゃぐちゃだ。

巨大なおっぱいも苦しそうに弾み、白雪のような肌は赤みを帯びていた。

（ほんと魔物ってわけわかんないわね。なんであんなこと……んっ！　あれ？）

自分の身体に異変が起こっていることに少女は気づく。まるで胸が風船のようにパンパンに張り、強烈な圧迫感を覚えるのだ。

頭の中で乳牛を世話した時のイメージが浮かぶ。

「じょ、冗談よね⁉　だってママになったわけでもないのに！　う、ああ……んんんんっ！はう、あううううぅ〜〜〜ん！」

尿意を我慢しているようなせつない衝動に、乳首がピクピク反応する。妊娠したわけでもないのに、今にも母乳が噴き出しそうだ。

乳輪がじっとりと汗ばみ、谷間からメスの淫らな匂いが香る。

「やだ……こんなのいや！　ふっ、ぐ、ぐうううぅっ！　い、今はダメ！　胸を押さないで！　あう、くうううううぅ～～～～～っっ！」

スライムが再び動き出し、根本から乳首に向かうようにメロン巨乳を扱く。ギュムギュムと乳肉が形を変え、妖しい疼きが昇ってくる。

少女の快感を証明するように、下着には愛液がシミを作っていた。

「ふぐ、クウウウウウゥ～～～ッ！　あう、うう、んううぅ、はぁううううぅうぅ……っっ！　おグ、アアアアアアぁぁ――――ッッ！」

（揉むの激しい……！　このままじゃ出ちゃいそうだよ……）

容赦のないスライムの責めにクレイシアは煩悶する。魔物に身体を弄られるだけでも屈辱的なのに、母乳を搾られるなど冗談ではない。

家畜のような扱いに怒りが湧き上がってくる。

「うぅ、放して……放せ！　わたしの身体を弄ぶな！　ぐっ、クウウゥ、お……ああああああああぁぁっっ！」

眉根を吊り上げて怒りを露わにするが、スライムは陵辱の手を緩めない。乳頭が硬く勃起し、甘い匂いが漂ってくる。

オナニーをしている時のように、絶頂の接近を予感してしまう。

「ああ、あああああぁ！　んん、ふぐうううううぅ～～～っっ！」

（ダメ……出ちゃう！　もう我慢できない！）

限界まで膨らんだ尿意に耐え続けることができないように、クレイシアは射乳衝動に悶え苦しむ。

魔物にイカされるなど騎士としてのプライドが許さないが、体力、精神力はガリガリと削られていく。

頭の中が胸のことで埋め尽くされる。

ぎゅむ、ぎゅむぎゅむぎゅむっ！　くり、クリクリクリクリッ！

「乳首いやぁ……ああ、くああああぁあぁ――――ッッ！」

もう叫ぶことしかできず、可憐な双眸を閉じて胸をスライムの玩具にされる。せつない衝動はどんどん大きくなり、理性を保つことができない。

乳首をつままれ集中的に扱かれた瞬間、クレイシアの理性の砦が崩壊した。

プシャ♥　プシュ♥　プシャアアアアァ――――ッ♥

「イク！　イッちゃう！　胸でイッちゃう！　ああっ！　ンアアアアアアアアアァァ――――ッッ‼♥」

Ｉカップの巨乳房から噴水のように母乳を噴き出し、クレイシアはアクメする。甘い香りのするミルクがとめどなく溢れ、スライムを白く染める。

自分が乳牛になったようで惨めなはずなのに、どうしようもなく乳首が昂り、もっと搾ってほしいと思ってしまう。

「はう、あああ……♥　屈辱……」

ゲル状の牢獄に囚われたまま少女騎士は呟いた。母乳の飛沫が顔にかかり、可憐な細面が白く汚れる。

乳首はジンジンと痺れ、なぜか男性が射精する姿が頭をよぎった。

「いい加減放さないと魔法で…………あ、あれ？　わたしどうして……」

なぜ魔法で反撃しなかったのかと、当然の疑問が浮かんでくる。この世界に疑問を覚えた瞬間、クレイシアの視界は暗転した。

◆◆◆◆

再び過去の記憶と似た悪夢に放り込まれるクレイシア。今度はさっきよりも古い、特務部隊に入隊したばかりの記憶だ。

当時、ある盗賊団の調査中に姿を見られるミスを犯し、抵抗むなしく捕まってしまったのだ。その時同様、武器を取り上げられた少女騎士はアジトに連れ込まれ、盗賊の親分と対面していた。

「くっ、放しなさいよ！　放せ！」

「元気のいいお嬢ちゃんだな。だが今更暴れたって無駄だぜ。騎士といえども武器がなけりゃ戦いようがねえ」

子分たちに身体を押さえられ、クレイシアはジタバタともがく。親分は口ひげを弄りながら、余裕を見せつけた。

「親分こいつをどうしますか？　どうやら特務部隊のようですが」

「仲間がいて報告されてたらマズいっすよ。さっさと殺して俺たちも逃げないと」

「まあ待て。ベヒーモスならともかく俺たちみたいな賊に特務部隊が人員を割くわけがね

え。装備もやり合う感じじゃねえから、こいつは調査に来て捕まったマヌケってとこだろう。つまり慌てて逃げなくても大丈夫だ」

「言ってくれるわね。今のセリフ違ってたらかなり恥ずかしいわよ」

悪態を吐きながらも、クレイシアは内心冷や汗をかいていた。なぜなら親分の言った内容がすべて当たっていたからだ。

デバイスを使わなければ救援も呼べず、敵に囲まれた状態ではアジトから脱出することも叶わない。

最悪の窮地に、心臓の鼓動が速さを増す。

「うへへ、じゃあ楽しんでいいってことですよね」

「おうよ。お嬢ちゃんも待ちきれないみたいだしな」

クレイシアは気が付くと豚耳のカチューシャとピンクの網タイツを穿いた、豚のコスプレをしていた。

夢ということに気づかないクレイシアは驚きのあまり声も出ない。

「いい格好じゃねえか。さっそく楽しませてもらうぜ」

「ひっ、冗談でしょ⁉　それにこの格好どういうこと⁉」

親分はズボンを下ろし、勃起した男根を取り出す。そしてクレイシアを仰向けにすると、露出したアナルに男根を押し当てた。

犯される覚悟はしていたが、まさか排泄穴を狙われるとは想像できず、少女は引きつった声を上げる。

「そんなとこに入るわけないでしょ！　あんた頭おかしいんじゃないの⁉」

「マンコはお楽しみにとっておきたいからな。まずはこっちだ」

「うぐっ⁉　あ、あああああああああぁああああっ！」

前戯もなにもない乱暴な挿入、しかも排泄器官を貫かれる衝撃に大きな悲鳴が上がる。股間を縦に裂かれるような苦痛に、目の前で星が瞬いた。

ビクンッと背筋がのけ反り瞳孔が開く。

「ぎい……イイイイイイイィッッ！　はぐ、ぐうううううううぅっっ！　なにしてくれてんのよ……この変態！」

「口ごたえするんじゃねえ。負けた騎士に人権はねえんだよ！」

「あぐ、うううぅ……アアアァアアアァ――――ッッ！」

ズチュン、ズチュンと乱暴に肉竿が抜き差しされる。力業で直腸壁を開かされ、クレイシアは痛みに悶えた。

排泄に使う穴を犯される恥辱と、股間が裂けそうな痛みで、頭の中がぐちゃぐちゃにかき回される。

「痛い痛い痛いイイイィっっ！　早く抜きなさいよ馬鹿！　あぐ、ああ、ぎうううううぅ――――ッッ！」

「こんなもんオークに比べればどうってことないだろ。アイツらは性器が壊れるまで犯し尽くすからな」

「聞いてないわよそんなこと……んぐ、あぐあああああああああっっ！　お尻壊れるうううぅ……っっ！」

両手、両足は子分たちに押さえつけられ、身をよじることさえできない。エルフの少女騎士は、正常位で尻穴を犯され続けてしまう。

あえて膣口を陵辱しない変態的なやり方に、恐怖を覚えずにはいられない。

（痛いし苦しいし……もう最悪……。それに……お尻でするなんてありえないわよ！）

この世界で勝者の命令は絶対だ。騎士になることを決めた時点で敗者に対する仕打ちは覚悟していたが、その考えはまったく甘かったことを思い知る。

強姦されていると身体だけではなく、心まで切り刻まれるようだ。

（わたしの初めて、こんな奴に奪われちゃうのかな……こんなことならもっと早く……）

苦痛の中で特務部隊の仲間たちの顔を思い出す。その中には過去に自分を助けてくれた幼なじみの姿もあった。

何気ない日常に帰ることができたらと、強く願わずにはいられない。

「うぐ……はううぅ……ああ、んんううぅ～～～っっ！　ぎう、あぐうううううぅうううっっ！」

「なぁ、お嬢ちゃんは処女か？」

「……その質問って答える必要があるわけ⁉」

「俺の命令が聞けねえのかよ。フンッ、オラッ」

「はぎ、うっぎイイイイイイィィッッ！　い、言うから！　言うから激しくしないで！　わたしは処女よ！　処女！　これでいいでしょ！」

杭のように腰を強く打ち付けられると、抵抗する意思が根こそぎ削り取られる。セックスどころかキスの経験すらないクレイシアに、男の暴力的な肛姦は強烈すぎた。

一突きごとに厳しい訓練で積み重ねてきた自信がヒビ割れていく。

「そいつは面白い。お楽しみが一つ増えたな」

「はぁ……うぅ、あぎうううぅう……っ！　一体なんの話よ」

「すぐにわかるさ。俺がイッたらな！」

「はひゃいいいいいいいぃいっっ！　おひ、アヒ、おお……ひ、へっううううううううぅ――――っっ！」

ピストン運動を速めながら、盗賊の親分は絶頂に向かっていく。肉幹が硬さを増し、鈴口がヒクヒクと蠢く。

海綿体が膨れ上がり、恥垢の溜まった醜い亀頭が直腸壁を擦る。

「へぐ、ぐうう……あぐううぅっ！　激しくしないで……あぅ、ああ、ハアアアアアアアァ～～ンッ！　お尻痛いぃ……」

菊皺を無理やり広げられ、肛肉を身勝手に蹂躙される。暴力的なピストンは拷問にも等しく、少女の心身を追い詰めた。

ドチュドチュと異音が鳴り響き、尻穴が狂わされる。

「ン……イクぜ」

「いやあああぁああああっ⁉　や、やめてよ！　出すならせめて外にして！　やっ、あああ、アグうううううううぅ――――っっ！」

先走りの漏れ出ていく感触が、射精が迫っていることを理解させる。半狂乱になって叫ぶが、肉竿がアヌスから出る気配はない。

身体の中に汚汁を注がれる絶望に心が支配された一秒後、無情にも欲望のままに精液が放たれた。

びゅびゅッ！　どびゅッ！　ブビュビュビュウウウウウウゥ――――――ッッ！

「ンくうううううぅ――――っっ！　あう、あああああ……！　出てる……中に出ちゃってる……やぁ、うううううぅ……」

ドクドクと熱い液体が直腸を流れていく。初めてのアナルセックスで中出しされる屈辱、気持ち良さなど微塵《みじん》もない地獄で、クレイシアは虚ろな声を漏らした。

涙が頬を伝い落ちていく。

「ふぅ、中々いい具合だったぞ」

「うぅ……うるさいわよ馬鹿……」

奥歯を噛み締めクレイシアは肛門射精の恥辱に耐える。生暖かいザーメンの感触が、自分の無力さと惨めさをさらに煽る。

(お尻に出されちゃった……くっ、こいつら絶対に許さないわよ)

怒りを燃やし心を奮い立たせる。このまま心まで敗北するわけにはいかないと、少女騎士は前を向く。

だが、その想いも悪夢の中では陵辱を引き立てるスパイスにしかならない。

「そう泣くなよ。本番はここからなんだからな」

「……え？」

親分が身体をどけると、いきなり丸々と太った豚が現れた。股の間には異様に肥大したペニスがブラブラと揺れ、糞尿の混じったような獣臭い体臭が鼻孔を苛む。

現実ならありえない状況だが、クレイシアは状況を受け入れてしまう。

「ブヒ、ブヒブヒ」

「お嬢ちゃんのパートナーを連れてきたぜ。今度はそいつと交尾してくれよ」

「ふざけないで！　豚なんかとやるわけないでしょ！」

懸命に逃れようと手足を動かすが、水の中にいるように手応えを感じられない。子分たちの笑い声と豚の鳴き声だけが酷くクリアに聞こえた。

「俺に逆らうつもりか？　お前に選択肢なんかねえんだよ！」

腕を引っ張られクレイシアの上半身が起き上がる。女の子座りで困惑する少女に、豚が顔を近づけた。

獣臭い息が顔にかかる。

「うう、臭い……なんなのよこいつ」

「魔獣と交配させて生み出した魔豚だ。普通の豚よりチンポがデカくて性欲が強いのが特徴だな。こいつに犯される女の反応は最高だぜ」

「このクズ……よくそんなことできるわね」

「まずは挨拶のキスだな。ほら、やってくれよ」

「くっ、ぅぅぅ……」

クレイシアが怒ろうと盗賊たちは気にも留めない。後頭部を掴まれググッと前に押し出されてしまう。

夢のせいで抵抗する考えも浮かばず、されるがままだ。

「いや……わたし、まだしたことないのに……」

「なんだお嬢ちゃんキスもまだなのか？　ちょうどいい。こいつで初めてを楽しんでくれよ」

「お願いだからやめて……あああ……」

涎を垂らし興奮した魔豚の唇がどんどん近づいていく。あまりにも醜い顔面にクレイシアは可憐な容貌を引きつらせた。

ファーストキスを豚に捧げるなど死んでもやりたくない屈辱行為。しかし、男たちの力には逆らえず、ついに唇同士が触れてしまった。

「むぅっ⁉　ちゅう、んんうううぅ〜〜っっ！」

薄ピンク色のリップと魔豚の唇が密着する。エサと糞便の混じった凄まじい悪臭が鼻を刺し、喉奥から吐き気がこみ上げてくる。

吐しゃ物をまき散らすことだけはどうにか我慢できたが、おぞましい唇の感触に涙が止まらない。

「ふぐ、うううぅ……ぐうううぅ……っっ！」

「おいおい、口を閉じてんじゃねえよ。舌を出さねえと相手に失礼だろうが」

「いや……やっ、ぐうううぅっ！　ぐぐ……あひゃううウウウウゥッゥッッ！　うぶ、うううううぅ……」

　クレイシアは鼻をつままれ呼吸を封じられた。あまりの息苦しさでついに口が開き、舌の侵入を許してしまう。

　ヌルヌルと不快な物体が口の中を動き回る。

「んんんっ……ちゅう、ンゥ、はううぅ……っっ！」

「へへ、いい顔になったじゃねえか。初めっから素直に従えばいいんだよ」

「ちゅう、あむぅ……ちゅううぅ……はぶ、ちゅむ、ふぅぅ……」

　肉厚でザラザラした舌が口腔を縦横無尽に動き回る。獣らしい力強さと圧迫感に、少女騎士はリードされてしまっていた。

　口の端から漏れ出る息に甘いものが混じっていく。

（なんか変な感じがする……。豚なんかとキスしてるのに、わたしどうしちゃったんだろ……）

　魔豚のディープキスでクレイシアは感じてしまっていた。訓練と実戦に明け暮れ男を知らなかった肉体は、初めての性体験に驚くほど弱かった。

　ただ口の中を舐め回されているだけで、ジワジワと快感がこみ上げてくる。頬が朱色に火照り、脈拍が速くなっていく。

「ちゅう……はぶ、ちゅううぅ……あんっ、はぁ、プハァッ！」

　ひとしきり唾液を交換したところで、クレイシアは唇を離すことを許された。息苦しさから解放され、胸いっぱいに空気を吸い込む。

口の中にはまだ豚舌の肉厚な感触が残っていた。

「ハァ……ハァ……ヴ、うぇぇ……おえぇぇ」

我慢できず唾液を吐き出しえずいてしまう。鳥肌が立つほどの汚辱感と生理的嫌悪感に、吐き気が止まらない。

手下がいなければ喉に指を突っ込んでいただろう。

「バテるのはまだ早いぜ。いよいよ本番の交尾が始まるんだからな」

「っ……やめて！　あああああああああああぁっ！」

子分たちが身体の向きを変え、クレイシアは四つん這いでお尻を突き出すポーズを取らされてしまう。

後背位で男を誘うような状況、今の相手は決まりきっている。

「ほ、他のことならなんでもするからそれだけはやめて！　豚と交尾なんてできるわけない！」

「心配するな。こいつはしっかり調教してあるからな。人間だろうがエルフだろうが気持ち良くしてくれるぜ。ほら見ろよ、あのデケぇチンポを」

「あ、あああ……」

後ろを振り返るとキスで興奮したのか、太く硬さを増した魔豚のペニスが見えた。魔獣とのハーフでも性器は豚の遺伝子が強いのか、でっぷりと太った金玉とドリルのような形状のペニスがピクピクと震えている。

「お前らよく見とけよ。特務部隊の騎士サマが豚に処女を捧げる瞬間をな」

「いや……やだ、イヤアアアアアアアアアアアアアアアァァ――――ッッ!!」

　喉が潰れそうなほどクレイシアは絶叫した。醜いケダモノの肉竿が身体の中に入ってくると思うと、気が変になりそうだ。

（無理無理無理無理無理無理無理っっ！　豚とセックスなんて絶対無理！　大体わたしまだ初めてなのに……）

　乙女にとってなによりも大切な初体験を、豚にくれてやるなどできるわけがない。怒りと恐怖で視界が歪み、息が止まる。

（失うんだったらせめてファルケと……べ、別に好きなわけじゃないけど！　豚と比べたらあいつの方が百万倍マシだわ！）

　脳裏に幼なじみの顔が浮かぶ。乱暴で喧嘩っ早くて口が悪くて、でも自分をいじめっ子から助けてくれた大切な親友。

　彼のことを考えると涙が溢れてしまう。そして、夢の世界でもがく少女に身の毛がよだつ瞬間が訪れた。

　薄く開いた淫裂を押し開き、ドリルペニスが挿入される。

　ブチ……ブチブチ、ズグウウゥゥッッ！　ずちゅ、ズブブグウウウゥゥッッ！

「ブヒ、ブヒイイィィーッ！」

「はぎ、あ、あッぐううウウウウウウウウウゥゥ～～～～ッッ！　オぉ、あアアアアアアアアアアアアァァァッッ！」

　硬く太い豚陰茎が一気に子宮奥まで挿入される。灼熱の鉄棒を突き入れられたような痛みと衝撃が、クレイシアを襲った。

白目を剥き、口が大きく開く。まるで糸の絡まったマリオネットのように、全身がガクガクと痙攣する。

（ああ……わたしの初めて豚に奪われちゃったんだ……）

膣穴からこぼれ太腿を濡らす鮮血が、少女を絶望の淵に叩き落とす。好きな人どころか、人間ですらないケダモノに破瓜《はか》を散らされてしまった。

耐え難い淫辱に心が悲鳴を上げる。

「ほい処女喪失確定。良かったな、お嬢ちゃん」

「許さない……あんた絶対に許さないわよ！」

「そんなこと言ってる余裕あんのか？　パートナーが動くぞ」

「あぐ、ア……んぐうううううううぅぅ～～～～～っっ！　ゥゥ、ンぐううううううぅぅ……っっ！」

魔豚が腰を振り始めると、戦槌を打ち込まれたように下半身が跳ねた。膣口が裂けたのかと錯覚するほどに拡張され、コンコンと子宮口をノックされる。

螺旋状のペニスがピンク色のメス壁に密着し、ヒダを余すところなく擦り上げる。処女膜の残りカスが綺麗に掃除され、代わりに恥垢を塗りたくられた。

「こわれるっ！　わたしのアソコこわれちゃうっ！　イ、ぐぅぅ……ンぎ、はあぁぁああああああああっっ！」

獣らしいペースを落とさないピストン運動に、クレイシアは追い詰められていく。身体の隅々まで犯されているような淫悦。

夢の中でなければ舌を噛みちぎっていたかもしれない。

（こんなのダメ……頭がおかしくなっちゃうよ……）

少女騎士は痛みと快楽の狭間で悶える。つい数分前まで処女だった身体は、急速にメスとして開花しつつあった。

膣口からは少しずつ愛液が滲み出し、豚ペニスの抽送を助ける。奥を突かれると媚びるように甘い声が止まらず、盗賊たちをニヤつせた。

「おぅ、くウウウゥ……キツいぃ……はぐ、ああ……あうぐアアアアアァアアアアぁ――――ッッ！」

太く長い肉幹が膣穴を奥まで責め立てる。呼吸が苦しくなり、ただひたすらに悲鳴を上げることしかできない。

「あぐ、ああ……んん、ううう……はう、くぅぅぅ～～～～っっ！　も、もう動かないで……ひぐ、ひゃああアアアアアアァッッ！」

最初に犯された肛門の痛みも忘れるほど、抽送に合わせて脊髄を快美電流が流れる。うなじや腋窩から恥汗が噴き出し、淫靡な香りを周囲に振りまいた。

「くあ……あああああああ……んぅ、ンンンンぅ――――ッッ！　っ……いつまで腰振ってんのよ、この豚っ！　うぐ、んウウウウゥゥゥッッ！」

「お嬢ちゃんこそ、いつまで人間のつもりなんだ？　豚の格好してるならもっと相応しいセリフがあるよなあ？」

「ハァハァ……なにが言いたいわけ⁉」

「ブヒブヒって鳴けよ。こいつみたいにな」

親分は豚を指差し、サディスティックに口を歪めた。クレイシアは血が滲むほど強く唇を噛む。

逆らっても無駄なことは、ここまでのやり取りで十二分に理解している。それでも豚の鳴き真似をさせられることは、心を切り刻まれるような屈辱だ。

(……やってやるわよ！　耐えていればきっと逆転するチャンスが来るはず！)

必ず助けが来ると信じ、少女騎士は覚悟を決める。そして盗賊たちが見ている中、鼻を鳴らし豚に堕ちていく。

「ぶ、ブヒ、ブヒブヒ……ぶひぃいぃ……」

「ハハハハハ！　本当にやりやがったぜ、この女！」

「くく、特務部隊の騎士がこの様《ざま》かよ」

「まったくみっともねえったらないぜ」

嘲笑を四方八方から浴びせかけられ、蔑みの目で見られる。犯罪者たちにいいようにされ、騎士のプライドを踏みにじられてしまう。

(悔しい……こんなやつらに笑われるなんて……)

豚に犯されながら豚の真似をさせられる屈辱体験。死にたくなるほどの羞恥が胸を締め付けるが、一方で快感の炎が激しく燃え上がる。

被虐的な衝動が身体を支配し、股間の蜜液が止まらない。

「ぶひ……ブヒブヒィッ！　あう、んん……あああああぁぁあ……っっ！　アソコ感じちゃうううぅ……ンッ！　ぶひイイイイイィッッ！」

「豚の真似で感じるなんてお嬢ちゃんは変態だな。見ている方が恥ずかしいぜ」

「い、言わないで……っ！　わたしだって好きでこんなことしてるわけじゃ……ハゥッ！　お、奥に押し付けないで……っっ！　ぶひ、ふごおおおおぉっ！」

深い場所をドリルペニスで穿たれると、はしたない声が大きくなってしまう。ブヒブヒと鼻を鳴らしていると、自分が本物の豚になったようで、倒錯した悦びが子宮にこみ上げてきた。

乳首もクリトリスも硬く勃起し、頭の中が淫悦で漂白されていく。

「あうっ、あああ、くっうううぅ……っ！　身体ヘンなのに気持ちいい……ゾクゾクしちゃうぅ……フゴッ、ブヒ、ぶひひんっ！　プギ、ブヒ、ひゃあうううううぅ～～～っっ！」

バックの動きに合わせて揺れる豚耳カチューシャが、さらに無様《ぶざま》さを強調する。ピンクタイツは魔豚とクレイシアの汗で濡れ、卑猥にテカっていた。

尻タブにパンパンと腰を打ち付けられるたびに絶頂が近づき、クレイシアは膣口を震わせた。

(豚のアレが大きくなってる……こいつもイキたいんだ。わたしの中に出したくて仕方ないんだ……うう、いやぁぁ……)

勃起肉がムクムクと大きさを増し、肉竿の先端が蠢いている様子を感じ取ってしまう。

オスなら誰もが行う種付け行為が近づいてくる。

そして、魔豚と同じく少女騎士も限界に達しつつあった。

「ブヒ……ひぅ、も、もうダメ！　きちゃう……なにかきちゃううううううううぅぅ〜〜〜〜っっ！♥」

「イケよ、この変態騎士が。豚みたいにイけ！」

「はう、くうううぅ……ゔゔ、ブヒ、んくああアアアアアアアアアアァアアアアあ――――ッッ！♥　ブヒ、ぶひううぅうううっっ！♥」

ドリルペニスの獣淫悦に耐えきれなくなり、クレイシアは恥も外聞もなく、大きな嬌声をまき散らす。

メス穴が蕩けそうなほど発情し、子宮がせつなく疼く。処女を失ったことも忘れ、こみ上げてくる快楽に身を任せる。

鈴口が開き豚ザーメンが噴き出すと、股間から脳天まで熱い衝撃が駆け抜けた。

「イク……きちゃうっ！　豚にイカされちゃううううぅぅうううっっ！　ブヒ、ブヒぃっ！　ひぐ、ああうううううううぅぅ――――っっ！」

魔豚に犯されクレイシアは初めての絶頂を迎えてしまった。蛇口をひねるように噴き出す白濁液は、あっという間に膣内を満たした。

人間のものとは違うドロリとした重量感に、身も心も支配される。自分が家畜以下の存在へと堕ちていく被虐快感で、絶頂がすぐには終わらない。

ビクビクと陰唇を痙攣させせて悦んでしまう。

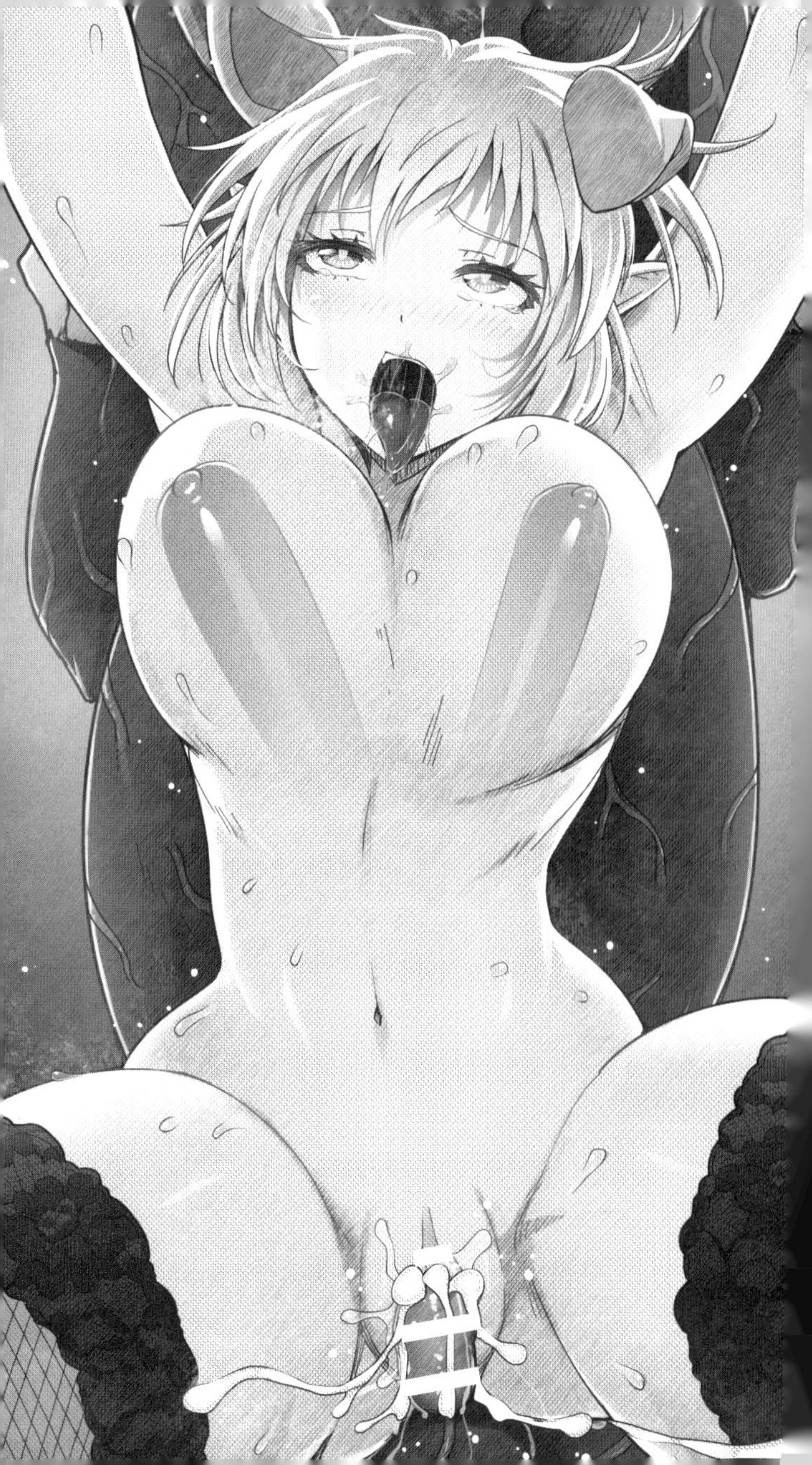

「ううぅ……まだ出てる……早く終わってよ……」

獣らしい精力の強さで、魔豚は終わることなくザーメンを吐き出す。丸々と太った金玉が震えるたびに、ドリルペニスもヒクついた。

たっぷりと五分以上かけて出たオスミルクは、膣穴に収まらず床に濁った水溜りを作った。

「はぁはぁ……あう、ふあぁぁ……」

交尾が終わると、クレイシアは満身創痍の状態で床に突っ伏した。身体から力が抜け、クラゲのように自分の意思で手足を動かせない。

「中々面白い見世物だったぜお嬢ちゃん。つられて俺も射精しちまったよ」

「親分こいつどうします？」

「後は俺らで遊んでいいっすか？」

「好きにしな。マンコはちゃんと洗っとけよ」

下卑た笑い声を上げ子分たちが群がってくる。クレイシアは身体を起こされ、顔の前にペニスを突き付けられた。

「も、もう無理よ……お願いだから許して……」

「ハァ？　知るかよ。さっさと口を開けメス豚！」

心が折れ、クレイシアは消えそうな声で懇願する。しかし、盗賊たちにそんな言葉が通じるはずもなく、髪の毛を掴まれペニスに顔を押し当てられた。

幕を開ける新たな陵辱、だがそれは思わぬ形で終わりを迎えた。

「────ッ！　ハアアアアアアァァッ！」

「は……？　あえ？」

「え、ごあ……」

魔力の閃光が刃となって迸《ほとばし》り、瞬く間に子分たちの首を切断したのだ。少女騎士が別の存在に変身したことに気づいたのは、ただ一人残った親分だけだった。

「な、なんだその姿は⁉　こ、このバケモンが！」

「うるさい……っ！　消えて！」

ダークエルフになったクレイシアは悪夢から逃れようと力を行使する。全方位を破壊の衝撃波が襲い、死体も家具も建物も藁の家のように吹き飛ばす。

「あぎゃあああああああああっ！」

親分が悲鳴を上げ骨になっていく。同時に空間がヒビ割れ亀裂が入った。亀裂はどんどん大きくなり、無数の光がクレイシアを照らす。

少女を苛む悪夢が漸く終わりを迎えたのだ。

「わたし……ここは……」

「クレイシア良かった……目が覚めたのですね」

重い瞼を開き、嬉し涙を浮かべるザラを見て、クレイシアは安堵の息を吐いた。

第五章　世界の真実

　ヴィクトール王国に夜の帳《とばり》が下りる。城下町の家々から灯りが消え、街灯が道をぼんやりと照らす。

　数少ない灯りの点いた建物の酒場では、男たちがまだバカ騒ぎをしていた。

「ふぅ……」

　医務室から自室に戻ったアネットは、ベッドに身体を投げ出し休息を取っていた。目を閉じると、激動の数日間が頭の中を巡る。

　妹と仲間たちの仇であるハーラルト大臣が連れ去られたこと、クレイシアがダークエルフに到ったこと、まるで絵空事のような現実だ。

（リューゲの言う通りハーラルトが報いを受けているなら、残すは『銀』のみか。私の命が続く限り必ず奴を見つけ出す。そして息の根を止めてやる）

　銀のベヒーモス、村を滅ぼした災厄のことは一日だって忘れたことはない。無機質で冷たい眼光を思い出すと、義手の付け根が痛んだ。

（この腕とも長い付き合いだな。シュトールのことは思い出したくないが、あの男の手術でここまで来ることができた。そこだけは感謝してやる）

　陵辱され川に捨てられたアネットは、巷《ちまた》で『奇跡の天才学者』と呼ばれるシュトール博士に拾われた。そして新たな腕を与えられ、生き延びることができたのだ。

しかし、博士に拾われたことは幼い少女にとって、新たな地獄の幕開けでしかなかった。

アネットの身体は様々な実験に利用され、得体の知れない薬を何度も投与された。

また戦闘能力の向上を計測すると称して、スライムやオーク、果ては小型のベヒーモスとまで戦わされたのだ。

（あの時は無茶な戦い方をしていたな）

妹を守れなかった後悔から、アネットは怒りのままに剣を振るった。躊躇なく敵を切り刻み、命を絶つ。

特にベヒーモスには容赦をせず、憎悪をぶつけるように何度も何度も剣を突き立てた。たとえ相手が怯えた表情を見せ、涙を流そうとも手を緩めることはない。

（マズい……過去に囚われるな）

極めつきは博士の異常な性欲である。まるでオナホールを使うようにアネットは犯され、幼くして膣以外の処女も失った。

度重なる行為によって快楽を知ることはできたが、そこにあるのは濁った性欲のみ。彼女にとってセックスとは、自分が所有物だと思い知らされることなのだ。

（つまらないことを思い出したな。もう終わったはずなのに）

成長したアネットは自らの手で博士を殺し、拷問部屋に等しい研究所を脱出した。世間を騒がせた事件の犯人が彼女だということは知られていない。

そして復讐相手に近い場所で活動するためにアネットは騎士団学校へ入学し、特務部隊へ配属されたのである。

（しまったな。余計なことを考えたせいで身体が……）

博士に調教された過去の記憶が現在のアネットを昂らせる。気づけば乳首とクリトリスが硬くなり、下着がじっとりと湿っていた。

こうなるともう普通の自慰では満足できない。

（くそっ、まだ媚薬の効果が残っているのか？）

イービルロイドに発情させられた肉体はすでに治療を受けている。それでも淫らな欲情は止まらず、調教された体験と合わさって膣壁がうるんでしまうのだ。

「ああ……んっ、ハァハァハァ……」

（ダメだ……もう我慢できないっ！）

気が付くとアネットは服を脱ぎ捨てていた。胸やお腹、股間を晒した姿になると、妖しい衝動が胸の内から湧き上がってくる。

ピンク色の乳頭は赤みを帯び、乳輪がじっとりと汗ばむ。淫裂からはトロミのある液が漏れ出し、チュプチュプと水音を奏でた。

騎士として律してきた自分を解放したくてたまらない。

「くぅ、お、おっ、おっほおおおおぉ……っっ！　キクぅ……あう、ほううううううぅ〜〜〜っっ！♥」

（いけないのに身体が止まらない。ああ、こんな変態みたいなこと……）

両乳首にハートのニップレス、股間にハートの前張りを貼り、膣穴とアナルに玩具を仕込むと、青髪の騎士は自室の扉を開き廊下に出た。

特務部隊の騎士は本部で寝泊まりする者がほとんどで、アネットも本部の二階で暮らしている。普段なら他の騎士の声が聞こえてくるが、任務で各地に出払っているのか人の気配はまったくない。

(今ならいけそうだな)

アネットは階段を降り一階の廊下を通り抜けると、ドアを開けて外に出た。ひんやりした冷たい空気が肌を刺し、ブルリと身体が震えた。

夜の匂いが非現実的な興奮を高め、靴底が石畳を叩く感触すらも心地よい。

「はぁ……ああ、あああああん……」

(ついにやってしまった。露出狂の変態女確定だな)

倒錯した性欲を満たすために、アネットは全裸よりも恥ずかしい格好で外へ出てしまう。騎士としてあるまじき行為だが、心臓は高鳴り乳首が痛いほど硬くなる。

もしこの姿を他人に見られたらと思うと、想像だけで達してしまいそうだ。

「はう、んっ、んくううううぅ……っっ！　い、いくか」

露出する快感に身を任せ、夜の城下町を歩いていく。しんと静まり返った町に靴音だけが響いていた。

いけないことをしているという実感が、途轍もなく性欲を昂らせる。

「はぅ……くぅ、ンッ、あああああ……っっ！　ひゃう、ひぅぅ……あっ、ふうううううううぅ……っっ！」

(乳首気持ちいい……部屋でするよりずっと感じる……)

アネットはＦカップ美巨乳の頂点を指でつまみ、ニップレス越しにクリクリと転がした。早くも薄紅色に染まった乳頭から、せつない疼きが胸の奥へと伝わっていく。

吐く息はシロップのように甘くなり、瞳が蕩けていく。

「あう、うぅ、ンクうううあああうぅぅ……っっ！　胸がドキドキする……ふぅ、んはぁぁ……はあぁぁぁ～～～～んっ！」

町の住民に聞かれるわけにはいかないが、少しずつ喘ぎ声が大きさを増す。いつ人が出てくるかわからない恐怖が、露出少女を酷く興奮させた。

右手は乳首を弄り、左手で乳房をムニュムニュと愛撫する。指が沈み込む柔らかな感触が、自分の身体だとわかっていても最高に気持ちいい。

「乳首感じる……ンン……あっ、あっ、ああああっ！　ふううぅ……う、うう、敏感になってる……」

乳首に集中する官能に身悶えながら指を動かす。頬は赤みを増し、吐く息はどんどん熱っぽくなっていく。

「はぅ、ああ……んふぅぅ……んううウウウゥゥッッ！」

（そろそろこっちも試してみるか）

片手を離し膣口に仕込んだ玩具、男性のペニスを模したディルドーに手を伸ばす。太く硬い張形は根本までズップリと埋まり、愛液を滴らせていた。

恥丘に貼られたハートの前張りが浮き上がるほどの圧迫感が、倒錯した性欲を否が応でも昂らせる。

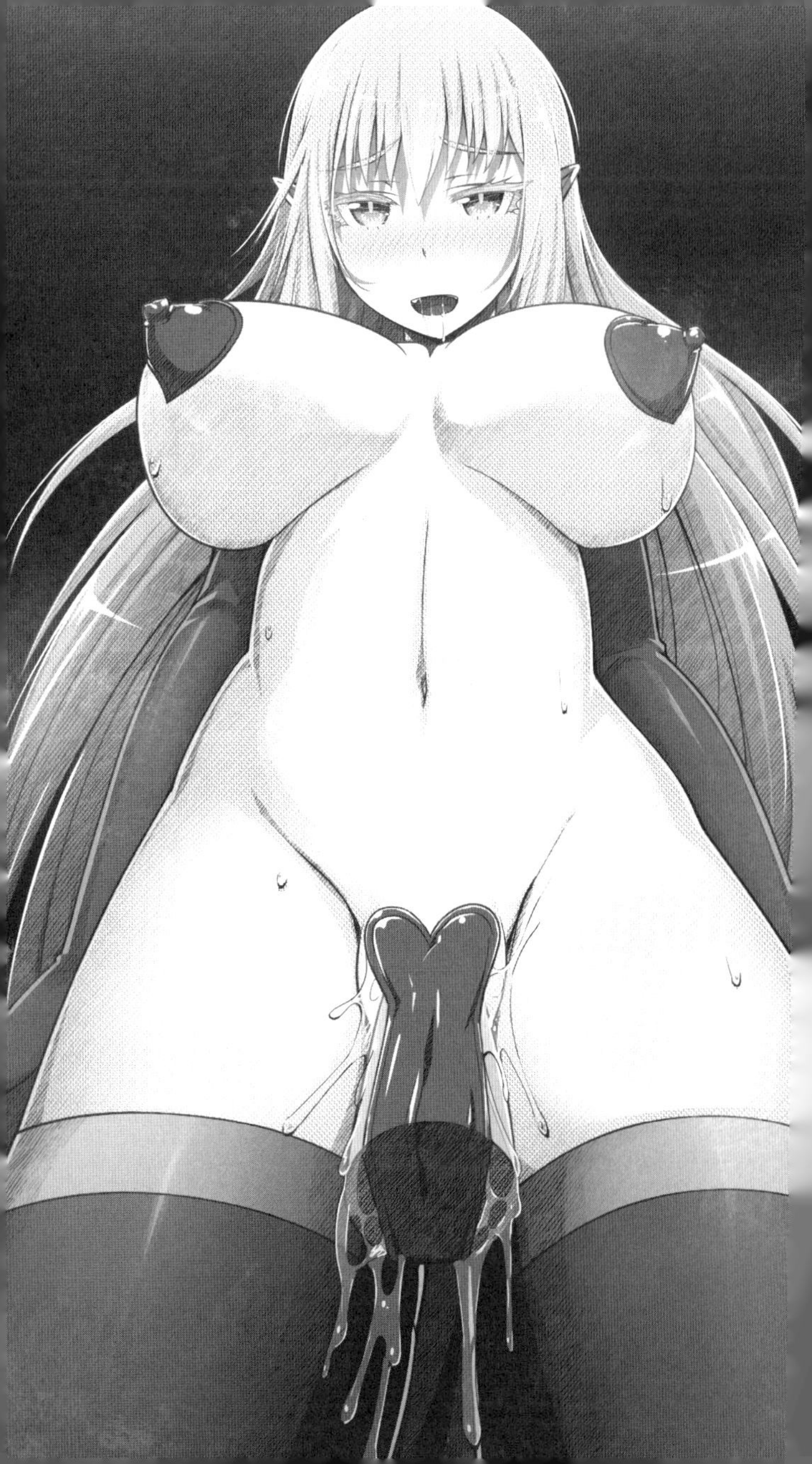

「くひ、うう、あはぁぁぁ……んう、キクぅぅ……はぁ、あああ、んううううぅ……っっ！ンゥ、あハァ、ふううううぅ……」

ゆっくりと上下に動かしているだけでも、ビリビリとつま先が震えるような淫悦が股間を直撃する。

自室ではなんということのないオナニーでも、外でしているという事実だけで早くも絶頂してしまいそうだ。

「くぅ……おう、ほあああぁ……っっ！　んっ、あっ、ああああ……っっ！」

（オマンコたまらない……気持ちいい！　もうこのまま歩いてみるか）

ぐちゅぐちゅと淫らな音を鳴らしながら、街灯を目印にアネットは歩道を進む。誰かに見られれば人生終了レベルの露出プレイという背徳感が快美を押し上げる。

ほとんど全裸に近い格好なのに身体は熱く、夜の冷たい空気が心地よい。歩くたびに垂れ落ちる愛液が道にシミを作り、淫らな香りで町中にマーキングした。

「はー、なんでオレたちが夜警なんてやらねーとならないんだか」

「そう愚痴るなって。特務部隊みたいに殺し合いをするよりはマシだろ」

「――――ッ⁉」

曲がり角の向こうから人の声が聞こえてきて、アネットは咄嗟に路地へ身を隠した。会話の内容から推察するに、近衛部隊の騎士が見回りをしているようだ。

貴族を集めた部隊のせいか、声に緊張感がまったくない。

「そりゃそうだけどよ。めんどくさいったらないぜ。早く帰って眠りたいってての」

「レジスタンスの奴らが大人しくなるまでの我慢だな」

(まさか人がいるとは。私も運が悪いな)

見つかるかもしれないスリルに欲情が急加速する。無意識の内に乳首を強く指で扱き、ディルドーを動かしてしまう。

近衛部隊の二人の男は建物の角を曲がり、アネットが隠れている路地の前を通ると、すぐにピタリと足を止めた。

「なぁ、ちょっと休憩していこうぜ。タバコも吸いたいしな」

「仕方ないな。少しだけだぞ」

(こんなところで休むな！　これでは出られないじゃないか！)

二人は路地のすぐそばでしゃがみ込むと、タバコを吸い始めた。露出騎士はドラムのように鼓動が速まる胸を押さえ、ゾクリと背筋を震わせた。

他人の存在が明確になると、より背徳感が高まる。一秒ごとに快楽の波が大きくなり、包皮を剥いてクリトリスが露出する。

こんな状況なのに自慰を続けたくてたまらない。

「んぅ……フゥ、はぁぁ……」

(こんなところで始めるなんて……き、気づかれてしまうぞ！　でも指が止まらない……胸もオマンコも弄りたい……)

爪の先で乳首を挟んで引っ張り、痛みを感じたところで離す。甘噛《あまが》みされているような感覚が、欲情を漲らせていく。

「ヘンドル騎士団長が死んで、ハーラルト大臣もテロリストだって噂だぜ。ったくこの国は大丈夫なのかよ。レジスタンスどもも活発になってきてるし、その内俺たちも駆り出されるんじゃねーの」

「特務部隊の奴らが戦っている内はいいがそうなったら最悪だな。俺は生きるか死ぬかの戦いなんて絶対にごめんだね。父上に国外へ逃げられるか相談してみるか」

（胸だけじゃ物足りない……オマンコも弄らないと……んっ、あああ……）

特務部隊として聞いていれば苦言を呈したくなるような会話も、今のアネットにとってはどうでもいいことだ。

ディルドーを上下させ、はしたなく膣壁を悦ばせてしまう。カリ首の出っ張った亀頭の感触が、涙が出るほど気持ちいい。

「そういえば最近国王の姿を見ないよな。この大変な時にどこに行ってんだ？」

「さあね。公務でお忙しいんだろう。なぜか『地上のへそ』で見かけたっていう話もあるそうだけどな」

「立ち入り禁止区域だぞ？　あんなとこ瓦礫くらいしか見るものねーだろ」

（オマンコくるうううううぅっっ！　やはり一番太いやつにして正解だったな。奥までゴンゴン当たってくれる。ほぉ、おおおおおぉ……っっ！）

ジュコジュコと卑猥な水音を鳴らしながら、アネットはディルドーを磨いていく。腰を落としガニ股姿勢になると、より深い場所まで押し込むことができた。

騎士たちの声を快楽のスパイスにして、肉悦に溺れていく。

「おお、んぉぉ……ハァ……あはぁぁ……」

頭の中だけで我慢することができず、艶のある声が漏れ出る。ピンク色に湿った吐息が、夜の空気に溶けていった。

「ん？　今変な音がしたぞ」

「そうか？　俺には聞こえなかったけど」

（しまった……！　思わず声が出てしまった）

二人の騎士は立ち上がり、キョロキョロと周囲を見回した。

「いーや絶対聞こえた。女のエロい声だったぜ」

「おいおい、溜まってるんじゃないのか」

「違うっつーの。たしかこっちから聞こえてきたんだよな」

「仕方がないな」

（…………ッッ!!　マズい！）

騎士たちが路地に入ってくる。オナニーの最中だったアネットは、石になったようにその場から動くことができなかった。

そして、露出狂の痴態が男たちの目に晒される。

「な、なにやってんだよお前!?」

「そこを動くな不審者め！」

「いや……これはその……」

言い逃れができない現場を押さえられ、しどろもどろになってしまう。

衣服を脱ぎ捨て、胸と股間にはハートニップレスと前張り、膣穴にディルドーを挿入した姿は、どこからどう見ても頭のおかしい変態女だ。このままでは変質者として逮捕されてもおかしくない。

「ん？　この顔見たことねーか？　前に合同任務で会ったよな？」

「特務部隊のストールに似ているな。というか本人だろ」

「ハハハ……や、やあ」

名前を言い当てられアネットは愛想笑いを浮かべる。自分が招いた事態だが、恥ずかしくて顔から火が出そうだ。

「すげー格好だな。痴女じゃねえかよ？」

「まぁな……。あの、このことは秘密にして見逃してくれないか？　変態プレイで捕まったなんて仲間に知られたら幻滅されてしまう」

二人に向かって頭を下げる青髪騎士。露出狂だとバレれば特務部隊にいられなくなってしまう。

（ああ……すごく見られてる……。私の恥ずかしいところを全部……）

男たちの舐め回すような視線がハートニップレスを貼った美巨乳や、丸出しのお尻に注がれているのを感じる。

羞恥心がさらに肌を紅潮させ、膣穴をジクジクと疼かせた。自分が欲望の対象にされているという事実が、倒錯的な淫悦を否が応でも昂らせる。

「は？　知るかよ。こっちは任務中だぜ」

「変態行為を見逃すわけにはいかないな」

「もちろんタダでとは言わない。そちらが望むことはなんでもしてやるぞ。ん……こんな風にな♥」

壁に手を突きお尻を見せつけながら、片手でディルドーを引き抜く。透明な粘液が糸を引き、玩具の肉竿は月明かりに照らされヌラヌラと光った。

開き切った膣口は薔薇の花のようで、淫靡な匂いを放ち男たちを魅了する。

「へぇ、お前マジかよ」

「もちろんだ。ああ……身体が疼いてオマンコがせつない……」

アヌスをヒクヒクと蠢かせながら、視線を恥部に誘う。高級な娼館でも見ることのできない美貌とメスの色香に、股間が熱くなっていく。

「ッ……オレはウィル、あいつはエルクだ。本当にいいんだな？」

「ああ、もちろんだ」

「よし、んじゃまずはオレからいかせてもらうぜ。オレのおかげでヤれるんだから、お前は後でいいだろ？」

「仕方ないな。俺にもたっぷりサービスしてくれよ」

ゴクリと生唾を飲み込み、男たちはアネットの提案に乗った。ズボンの下でペニスが急速に大きくなっていく。

エルフの美少女を好きに犯すチャンスを、逃すなどありえない。カチャカチャと音を立ててベルトを緩める。

「早く私にブチ込んでくれ。もう我慢できないんだ」

アネットは熱っぽく息を吐き、人差し指と中指でくぱぁっとオマンコを開く。ねっとりと愛蜜が糸を引き垂れ落ちる光景は、秒速で男の理性を崩壊させた。

ズボンを下ろし肉竿を取り出すと、割れ目に亀頭を押し当てる。

「んんっ、滾っているな。そのまま押し込んでくれ」

熱っぽく息を吐き挿入を待ち望む。亀頭の熱と弾力に早くも心臓が高鳴り、快楽波が神経を伝って全身に回る。

そして、カリ首が細穴を押し広げ、勃起肉竿が根本まで挿入された。

ジュプ、ずぷぷ……ぐぷ、ずググググううぅ……っっ！

「あうっ、はあぁぁあぁあぁあああぁ～～～～ん！　チンポきたぁ……おう、んぐうううううぅぅっっ！」

「うおっ、絡みついてくる……すげえな」

「はぁ、ンあああぁ……ふううううぅ――っっ！　動いてほしい……私の中を滅茶苦茶にしてくれ！　はうっ！　おおうっ！　んふウウウゥゥ～～～～ッッ！」

キュウキュウとオマンコが締め付け、立ちバック姿でピストンを懇願する。任務で犯された体験と、シュトール博士の調教体験が混ざり合い、果てしなく性欲が昂っていく。

アネット・ストールは一匹のメスとして、膣壁を蠢かせた。

「変態女が。そんなにチンポが好きなのかよ！」

「あお、おお、おっほおおおおおおぉぉ――――っっ！　パンパンされてる……っ！

はぐ、んあぁぁあああああああああぁぁっっ！」

　腰が前後に動くと一際大きな嬌声が口から出る。近衛部隊の騎士がいるなら民衆への説明もできるだろうと、声の抑えが利かなくなっていく。

　積極的に腰を振り快楽を求める姿は、騎士ではなく娼婦のようだ。

「あう、んくうううぅぅ……ひゃうぐうううううぅぅっっ！　オマンコがキュンキュンする……カリ首気持ちいい……」

「お前こそすごいマンコだな。やべ、もう射精《で》そうだ」

「ふふ、いつ出してもいいんだぞ。私の中にザーメンを注いでくれ！　んぅ、はうくううぅ……うう、ンふうううううぅぅ――――っっ！」

　男のペニスは平均的なサイズだったが、ディルドーに負けない快美電流が身体に流れてくる。

　屋外で露出セックスをしているという興奮が、青髪騎士のリビドーを果てしなく引き上げた。

　膣穴が締め付けを強め、さらに悦楽を求めようとする。

「んぅ、あっ、はああ……ひゃうううううううぅぅっっ！　たくましくて熱い……あんっ！あうっ！　あぁぁんっっ！」

　双臀を震わせながら肉竿の感触をたっぷりと味わう。腰椎に響くピストン運動の衝撃で、膣壁がジュワジュワと愛蜜を溢れさせた。

「んぅ、はあぁぁ……クゥ、んはううぅぅ……」

「くっ、締まってくる。ヤバいな、このマンコ」

「私の身体をもっと味わってくれ。チンポを気持ち良くしたいんだ。あう、はあううう……うぅ、ふんううぅ……っっ！」

アネットは股間に力を込め、膣穴をキュッと締める。ヒダが濃密に絡みつき、肉竿の耐久力が一気に削られた。

原始的な肉悦が男を支配し、鈴口がパクパクと口を開閉する。射精快楽への期待感から、腰を振るスピードが増し、限界はもうすぐそこまで迫っていた。

「はぅ、あう、くうううぅ……ほぉ、あああああああ……っっ！　ひう、クううううううッッ！　チンポいい……チンポぉ……」

「くっ、もう限界だ。でる……っ！」

「いいぞ出してくれ……お前の気が済むまでたくさん……たくさん……はう、ふぐあぁあああああっっ！　チンポびくびくしているぅ……っっ！　私の中にいっぱい出してくれ！　はぁ、あうアアアアアアァァ――ッッ！」

射精が近くなり亀頭が熱を帯びていく。腰を振るペースが上がり、男の限界が近づいていく。

数十秒後、ドビュドビュと白濁液がアネットの中に放たれた。

「ア、ああああぁあああああぁ――っっ！　ザーメン入ってくる……熱いのたくさんきてる……はぁ、ンくうううぅ～～～っっ♥」

心地よい熱を感じながら、ビクンッビクンッとお尻を震わせる。自分の身体で男が達したことが嬉しく、子宮奥が強く疼いた。

搾乳機のようにオマンコが吸い付き、最後の一滴までザーメンを絞り取る。

「あぅ、はぁ……♥　んぅぅ……♥」

「ふぅ、ヤベえな。もう一回お願いしたいくらいだぜ」

「待てよ。次は俺の番だろ」

「あう、はぁぁ……♥　もちろん忘れていないぞ。さあそこに仰向けになってくれ」

エルクと呼ばれた男性騎士はペニスを取り出し、地面に背中をつける。アネットはガニ股で開脚すると股間の上に身体を移動した。

ゴプリと精液を滴らせる花弁に、オスの視線が集中する。

「ふふ、いくぞ。んぅ、あああ……」

アネットは勃起肉の先端に膣口を当てると、腰を下ろし一息に挿入した。ジュブジュブと白濁液をかき分け、ペニスが根本まで呑み込まれる。

口を開きほぐされたメス穴はスムーズに肉幹へ絡みついた。食虫植物のようにヒダが蠢くと、細かな段差が極上の快楽を与える。

ずぶ、ずぶぶぶ……ズググウウゥ～～～～～ッッ！

「あん、ああっ、はあああぁ～～ん！」

「うう、すごい……」

「ふぅ、ウウゥ、っ……くううううぅぅぅ～～～っっ！　あは、はぁぁ……こっちのチンポもいいな。今度は私から動いていくぞ。んっ！　はうぅぅ……おぅ、ふうウウウウウウゥゥゥ～～～～ッッ！」

男の胸板に両手をつき、アネットは腰を動かす。先に注がれたザーメンを潤滑剤にしてスムーズに行われる抽送は、滑らかな快美を提供した。

他人が射精した後に挿入する抵抗感を、上回る心地よさが塗り潰す。海綿体が水を含んだスポンジのように大きくなっていく。

「あんっ、あんっ、あぁあんっ！　ん……チンポが硬くなってきたな。もっとバキバキにして私の奥に当ててくれ。ふあっ、んぁあっ、はうくうううぅ――――っっ！　ほぅ、ハアアァアアアアッッ！」

より強い快感を得ようとアネットは腰を動かすスピードを上げる。膣口を押し付け引き抜くたびに、カリ首がピンクの内壁を擦る。

やや包茎気味なペニスの皮の感触も、露出騎士の欲情を燃え上がらせた。メス蜜とザーメン、先走りが混じり合い、乙女の体内でうねる。

「ああ、んん……んふうううぅぅ……っっ！　ほぉ、んあああ……」

「特務部隊にこんな女がいたなんてな。んぅ……今まで出会ったどの娼婦よりもすごい……ッ！」

「フッ、当然だ。セックスの経験なら誰よりも積んでいる自信がある。お前のチンポも気持ち良くしてやるからな。おう、ほおおぉっ！　あお、んうう、んうう、ンックううううううぅぅぅ～～～っっ！」

パチュンパチュンと股間を打ち付け、貪欲に子種汁を絞り取ろうとする美少女騎士。膣口を塞がれて逃げ場のないザーメンが激しく波打ち、肉竿を悦ばせる。

　絶頂を味わったばかりのオマンコも、次なる快感を求めピッタリと雄幹に吸い付いた。まるで暴れ馬のように、アネットは激しく腰を跳ね上げる。

「ふぐ、お、おうぅぅ……ほごっ⁉」

「ど、どうしたんだ？」

「気持ち良すぎてケツ穴の玩具が出てきそうなんだ♥　ふぅ、んぐううぅぅ……お、ほおぉっ⁉　んぅ、きた……こっちもキタあぁぁあああああああっっ！　へう、くうううううぅぅぅ――――ッッ！♥」

　膣穴の快美に連鎖反応して、アネットのアナルがムクムクと盛り上がっていく。部屋の中で仕込んでおいた玩具、卵のように大きなアナルビーズが排泄されようとしているのだ。

　黒く丸い球体が菊皺を引き延ばし、顔を覗かせた。

「うおっ、なんだよこれ」

「気にしないでくれ。私の趣味なんだ。露出変態女のお尻遊びなんだぁ……オ、オオ、んぉ、擦れりゅうううううぅぅぅ～～～っっ！　ほぉ、もおおぉ、おっほおおおおおおおぉおおっっ！」

　すぐそばで行為を見ていたウィルが驚きの声を上げる。ブリュンッと音を立てて、一個目のアナルビーズがひり出された。

　球体は腸液に濡れ、ヌラヌラと表面を彩っている。残りのビーズは真珠のネックレスのように連なり、肛門内で排泄の時を待ち望んでいた。

「あう、あう、ゔゔうぅゥ――――ッ！　お尻おかしくなる……出しながらセックスするの気持ちいいっ！　へお、あおお……ほっ、ひゃうううううううぅ～～～～っっ♥」

ピストン運動と排泄快楽の二重奏に、アネットははしたない声を出してしまう。シュトール博士の調教記憶が思い出され、激しく桃尻が震える。

排泄器官すら快楽に変換する露出騎士は、普段の清楚な姿とはほど遠い痴態を晒し、身体をくねらせてしまう。

Fカップの豊乳も激しく弾み、騎乗位される男の目を楽しませた。

「う、ウィル、頼みがある。私のアナルビーズを引っ張ってくれ！　もっともっと気持ち良くなりたいんだ！　あお、へっほおおおおおぉぉ――――っっ！」

「仕方ねえなあ。手伝ってやるよ変態女が！」

「おおっ！　ケツ穴にビリビリってきたあぁあああぁあああっっ！　はう、ああ……くひイイイイイイィッッ！　擦れる！　いっぱい擦れるうううううぅうううう

っっ♥」

ブポンッブポンッと連続して球体を産み落とし、アネットは淫らな声を迸らせる。排便する時の快感を何十倍にもした衝撃が、尻穴から脳天まで貫いた。

イービルロイドに犯されたように、膣口とアナルの二重快楽が乙女の媚肉を昂らせる。身体の中がすべて性感帯になったようで、絶頂したくてたまらない。

（変態プレイで感じてしまう♥　クレイシアが大変なのにセックスのことしか考えられな

いんだ♥　ああ、許してくれ……♥）

親友が苦しんでいる時に快楽に溺れる背徳感。人として最低なことをしているという自覚が、どうしようもなく調教された肉体を悦ばせる。

快楽を司《つかさど》る悪魔に性感帯を支配されたように、淫蜜と喘ぎ声が止まらない。

「うっ……お、俺ももう……」

「ああ、チンポがヒクヒクしているな。いいぞお前もたっぷりと射精してくれ。もちろんお尻弄りも頼むぞ♥　にゃふ、おおぅ、んぐううううぅぅ――――っっ！　お……ンンッ！　アナルくりゅうううううううぅぅっっ！♥」

腰を上下に動かしチンポの硬さを味わいながら、アナルビーズで菊門が捲れる感触を堪能する。

興奮したアネットの激しい抽送に、普通の男のペニスが耐えられるはずもない。射精管を通ってザーメンが鈴口の手前まで昇ってくる。

股間同士のぶつかる音が大きさを増し、互いの官能が限界に達した瞬間、射精と一緒に露出騎士は絶頂を迎えた。

びゅく、ブビュク……どびゅびゅびゅううううううぅ～～っ！　どぷ、ドプドプドプッ！

「イク……イグッ、イグうううううぅぅ～～～～っっ♥　お尻もオマンコも気持ちいい♥変態セックスでイッてしまううううううぅぅぅっっ♥　ほぉ、ああ……おっほオオオオオォォオオオオオッッ♥♥」

二度目のザーメンを膣内で受け止めながら、アネットは背徳の灼熱に身体を燃え上がらせる。

体内に感じる肉竿の硬さと亀頭の膨らみが、どうしようもなく子宮を悦ばせた。

「おらっ、ケツが好きなんだろ⁉　この淫売が！」

「ほぉ♥　おおぉ♥　ケツ穴まだ擦れる♥　イクの止まらない♥　ズルズルってきてる♥　産卵アクメたまらない♥　あお、んアアアアアァアアぁ――っっ♥　ケツイク♥　イグイグううぅぅ――――っっ♥♥」

括約筋《かつやくきん》を押し広げながら、すべてのアナルビーズが引き抜かれる。連続して襲い掛かる快美の奔流に、昇天しそうなほどの悦楽が押し寄せてくる。

アネットはめくるめく絶頂から降りることもできず、一匹のメスとして喘ぎ続けた。

「良かったぞストール。またよろしく頼むな」

「いや、もう聞こえてないだろ」

「あは♥　あふぁあ……♥　へう、ハアァァ……♥」

淫楽の世界から抜け出せず、アネットは犬のように舌を出して喘ぎ続ける。

「それじゃあオレたち、もう行くわ」

「後はそいつらに可愛がってもらえよ」

「ひゃ、ひゃい♥　…………え？」

顔を上げるとアネットの周りには人だかりができていた。乱痴気騒ぎを聞きつけて、町のゴロツキたちが集まってきたのだ。

どの男も股間を膨らまし、欲望に瞳をギラつかせている。

「ま、待ってくれ！　こんなに大勢の相手なんてできない！」

「ねーちゃん痴女なんだろ？　俺らにもヤらせてくれよ」

「あいつらは良くてこっちはダメなんて言わないよなぁ？」

「ヒッ⁉」

男たちはズボンから肉棒を取り出し近づいてくる。アネットは逃げようとするが、腰が抜けて起き上がることができない。

近衛部隊の騎士が立ち去る姿を見送りながら、膣口からドロリと精液がこぼれてしまう。その卑猥な姿がさらに周囲の欲情を昂らせた。

「へへ、もう我慢できねぇ。俺は口をもらうぜ」

「じゃあガバガバのケツ穴をもらうとするか」

「ならオレはオマンコだ。おらっ、さっさと跨りやがれ！」

「ふぐっ⁉　むぅ、うぐうううううぅぅ～～～～っ⁉」

再び騎乗位の体勢で、今度は口腔と尻穴にも勃起した肉竿が挿入される。トロトロに蕩けた三穴はあっさりと男のモノを奥まで招き入れた。

息苦しさと圧迫感と共に強烈な淫悦が湧き上がってくる。

「んんっ、んんんっ、んんんんっっ！　あぶ、ぐぅ、ふううううぅぅ……っっ！」

(口もお尻もオマンコもおかしくなる！　イッたばかりなのにまた感じてしまう♥)

全方位から快楽を与えられ、上目遣いで淫らに呻く。玩具のような扱いを受けているのに、マゾヒズムの炎が燃え上がる。

もっと酷いことをしてほしいと、露出乙女のメス穴は男根に吸い付いた。

「おっ、こいつ締め付けてきやがるぜ」

「楽しそうに腰まで振ってやがる。さっきイッてたのにまだ物足りねえのかよ」

「ふぅ♥　んうううぅ♥　ぢっ、ううぅ♥　んふうううぅ……♥　んふううううううぅ……♥」

(どんどんチンポが好きになってしまう♥　何度でも犯してほしい♥)

キュウキュウと膣穴とアヌスをすぼませ、亀頭や竿の形を覚えていく。膣穴のペニスは太いが短めで、アヌスのペニスはカリ首が大きく開いていた。

形の違うイチモツで犯されることが嬉しく、ジュブジュブと卑猥な音を立てて、激しく腰を上下させた。

引いていた絶頂の波が再び押し寄せてくる。

「口もたまんねえ……。相当な淫乱だぜ、この女」

「ちゅう♥　ふぇろ♥　ふぇろおぉ♥　んちゅ♥　れろれろれろぉ♥」

(フェラチオいい……♥　チンポ美味しい♥　早くザーメンを飲ませてくれ♥)

キャンディーを転がすように、亀頭を積極的に舐めしゃぶる。鈴口から滲み出るカウパー腺液のトロミと生臭さに、舌が悦び動きを速めた。

メスとしての欲情が天井知らずに昇っていく。

「ふぐ、うううぅ♥　ふぇろ、ちゅうぅ♥　はぶ、ちゅあはぁ♥　じゅぷ♥　ふぅ……あうううん♥」

（身体が熱くてどうにかなってしまいそうだ……。イキたい……また、はしたなくアクメしたい♥）

乗馬をするようにしなやかな痩身を跳ね上げ、アネットは肉竿の快楽に堕ちていく。男たちが腰を振り、肉と肉のぶつかり合う音が心地よい。

三穴をさらに締め付け、オスのミルクを待ち望む。

「こんな美人がチンポ狂いなんてな。まったく役得だぜ」

「マンコたまんねぇ……ウネウネして絡みついてきやがる」

「んっ、ふぐううううぅ♥　あう♥　むううううううぅぅっ♥　ゔゔ、ふぐぶうううううぅうぅうううっっ！」

（私の中でチンポとチンポが擦れる♥　アソコが燃えてしまいそうだ♥）

薄壁を隔てて勃起肉同士がゴリゴリと擂り合わされる。膣壁と直腸壁を亀頭が押し上げ、子宮が圧迫感に震える。

繊細なピンク色のヒダは幹を撫で、男たちを悦ばせた。より強い快楽を得ようと腰が強く打ち付けられ、青髪の痴女をさらなる高みに連れていく。

「むぐ♥　あぶ♥　ぶぶぶぶぅぅぅ――ッッ♥　ンン、ンンンむ♥　フぐうううううぅぅぅ――ッッ！♥」

（私が消える♥　男の熱で焼き尽くされてしまう♥）

破裂しそうなほど膨らんだ亀頭の滾りに、メラメラと欲情の炎が立ち昇る。美巨乳は先端を屹立させ、ブルンッブルンッと激しく弾んだ。

思考が蕩け、自我が雲散霧消する感覚に陥る。

「あー、きくぅ！　口に出す……！」

「俺もだ！」

「オレもオマンコにぶちまけてやるぜ」

「むううううぅ⁉　じゅぶ♥　ンジュブ♥　ちゅ、ちゅ、あふぇろぉ♥　おぅ♥　おおぅ♥　ンおおおおおおぉぉ――ッッ‼」

（イク……イクイク♥　くる♥　くるうううううううううう――ー♥）

男たちは限界に達し、ピストンのスピードを速める。アネットも全身が性器になったように肉竿を抱きしめ、海綿体を膨張させた。

亀頭に唾液をまぶし、直腸液が幹をヌラヌラと光らせる。愛液は睾丸を濡らし、パンパンと腰のぶつかる音が大きくなる。

濁った欲望が解き放たれると同時に、エルフの少女騎士も絶頂を迎える。

どびゅ、びゅうううぅ――っ！　ドブ、ビュククククウウウゥゥ――ッ！

「んぶっ♥　ふぶううううううぅ♥　はぶ、んぐううぅ♥　むぐウウウウウウウウウゥウウウ――――ッッ！♥♥」

（イク♥　イクの止まらない♥　口もオマンコもケツ穴もイクぅ♥♥）

三穴に精液をたっぷりと注入され、アネットは白目を剥いて絶頂する。穴の中に入り切らない精液は溢れ出て、地面を汚した。

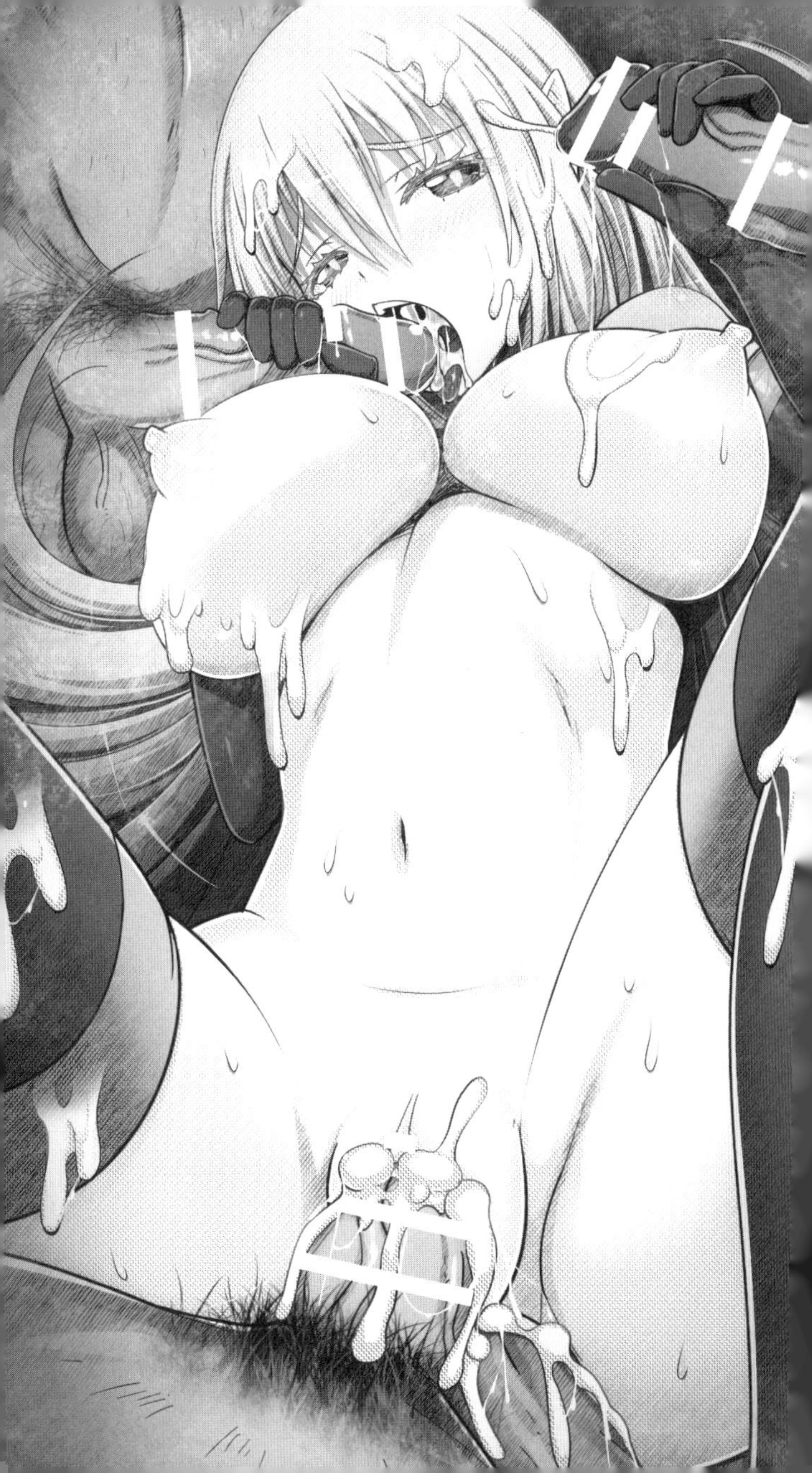

「ふぅ、こいつは最高だな」

「ここまでキツいケツ穴は初めてだぜ」

「へへ、こんなに出したらデキちまうかもな」

「あへ……あはあぁ……♥」

好き勝手に言いながら男たちが身体をどける。アネットは虚ろな瞳で甘い吐息を漏らした。

全身がスライムになったようにグニャグニャで、強烈な疲労感が襲い掛かってくるが、快楽の宴はまだこれからだ。

「次は僕の番だからね」

「今みたいに楽しませてくれよ」

「そ、そんな……あぶ！　はうむうううぅぅ――♥」

後ろに控えていた男たちが、肉竿をフル勃起させ口を塞ぐ。アネットの夜はまだまだ終わりそうになかった。

◆◆◆◆

ハーラルト大臣の調査任務から一ヶ月後。クレイシアとアネットは訓練場にて、ザラに呼び出されていた。

「クレイシア、ダークエルフ化の訓練はどうだ？」

「絶好調よ。ファルケも驚いてたわ」

　淫夢から目覚めたクレイシアは、ダークエルフの力を使いこなすための訓練に励んでいる。訓練場に立てられた丸太を雷の魔法を使って破壊するなど、感情の昂りはあるが、以前のように加虐心が暴走することはなくなっていた。

「目覚ましい進歩だな。ダークエルフの状態を長時間保つことができれば隊長にも負けないかもしれないぞ」

「やった！　ついにゼップ隊長をぎゃふんと言わせられそう。あの人、模擬戦でボコボコにしてくるんだから。今のわたしより強いって本当に人間なのか疑いたくなるわ……」

「隊長はちょっと特別らしいからな」

　人間とは思えない戦闘力を見せる隊長の顔を思い浮かべ、二人は苦笑する。しばらくするとザラが訓練場に到着した。

「二人とも長くお待たせしてすみません」

「今日はどうしたんですか？」

「新しい任務の話でしょうか」

「いいえ、今日はあなたたちに紹介したい人を連れてきました。人払いの魔法を使用していますので、もう姿を見せてくれるはずです」

　ザラが眼鏡を上げるのと同時に、夕日をバックにして金髪で長身の男性エルフが現れた。レジスタンス『エルドラド』のリーダー、リューゲである。

「よう、お二人さん。久しぶりだな」

「エルドラド⁉　ザラ作戦参謀、どういうことですか？」

気安く話しかけてくるリューゲに向かって剣を構え、クレイシアとアネットは戦闘態勢に入る。

「剣を納めてください二人とも。彼は敵ではありません」

「敵じゃないって、この男は信用できません」

「大臣の件は悪かったが、今はそれよりもヤバいことが起ころうとしているんだ。とにかく落ち着いて話を聞いてくれ」

「私からもお願いします。あなたたちを呼んだのは彼と面識があるからです。気持ちはわかりますが私の判断を信じてください」

特務部隊の頭脳に諫《いさ》められては、これ以上言い争うわけにもいかない。二人はしぶしぶ剣を納めた。

「じゃあさっそく本題に入るぜ。もうすぐこの国は滅ぶ。赤い月の夜に大量のベヒーモスに襲われてな」

「なんですって⁉」

訓練漬けでまだ話を知らなかったクレイシアが声を上げる。アネットは最悪の未来を予感し、目を伏せた。

「残念ですが情報は確かです。過去にベヒーモスによって滅びた国々の記録を辿ると、同様の事例が散見されました。また、大量のベヒーモスを操っているのが銀のベヒーモスだということも記録されていました。恐らく、銀のベヒーモスこそがベヒーモスを操る黒幕だと思われます」

「……銀のベヒーモス」

「ああ。あんたの村を襲ったのもやつの仕業だ。俺が止められればよかったんだが、あの頃のエルドラドは人手不足でな。現場に駆けつけた時にはすべてが終わっていたんだ。本当にすまない」

「はは……そうか。ハハハハ」

仇敵が今も生存していることを知り、無意識の内に笑い声が出ていた。まったく足取りが掴めなかった、最後の復讐相手の手掛かりがようやく掴めたのだ。アネットの中で昏い感情が高まっていく。

「アネットの村のみんなを殺した張本人……しかもベヒーモスを操って先輩たちの命まで……っ、絶対に許せない」

クレイシアの血が熱くなる。特務部隊に入ったばかりの頃、新人の自分を励ましてくれた先輩騎士が一噛みで殺されたことを思い出す。

他にも何人もの仲間がベヒーモスと戦い命を落とした。黒幕がどんな思惑で行動していようと、許せるわけがない。

「ゼップ隊長はご存じなのですか？」

「はい。後で特務部隊の全員に伝えるそうです。近衛部隊のドミニク隊長も信じてくださいました。今は立場にかかわらずすべての騎士、そして民が力を合わせなくてはなりません」

そのために本来敵であるはずのエルドラドと手を組んだのだと、ザラは告げる。

「決戦はおよそ三十日後。俺もヤツとやり合えるだけのメンバーを集めたが、あんたたちの力も必要だ。頼む、俺に力を貸してくれ」


「わかったわ。わたしも一緒に戦う。知ってるだろうけど自己紹介しておくわね。クレイシア・ベルクよ」

「『銀』は私が必ずこの手で殺す。アネット・ストールだ」

頭を下げるリューゲにクレイシアとアネットは手を差し出し、強く頷いた。三人は固い握手を交わす。

「エルドラドの頭、リューゲとして礼を言わせてもらうぜ。それじゃあやる気になっているとこ悪いんだが、もう一つの真実も話しておかなきゃならないな」

「真実?」

「どういうことだ」

「その話、どうしても必要ですか? 士気にかかわると思うのですが……」

「残酷だが知らずに死ぬよりはマシだと思うぜ。騎士なら誰しも疑問に思うことだからな」

険しい顔になるザラを一瞥《いちべつ》し、リューゲは話を続ける。

「なぁ、ベヒーモスはどこから現れると思う?」

「それはずっと謎だったんでしょ。どんな学者が調べてもわからなかったんだし」

「もし巣のような場所が判明すれば、そこに総攻撃を仕掛けているはずだからな」

「答えはな、エルフだ。それもダークエルフに到るような特別な存在じゃねえ。普通に生まれて普通に生きて、普通に老いて死んでいくはずだったエルフだ」

リューゲは拳を震わせながら言う。クレイシアとアネットの時間は完全に停止した。

「う、うそよ！　それならエルフはみんなベヒーモスになるっていうわけ!?」

「まずは誰がベヒーモスを作っているか？　そこから話させてくれ」

「待て。作っているとはどういうことだ」

「ベヒーモスは作られた存在だ。自然に発生したり、突然変異でなるようなもんじゃないんだよ」

リューゲは記録用のオーブを取り出すと映像を投影した。薄暗い場所にずらりと並ぶ培養槽、そこから一人のエルフが出てくると、雄叫びを上げベヒーモスに変身していった。

映像は鮮明でとても作り物には見えない。クレイシアとアネットの顔が見る見るうちに青ざめていく。

「そんな……こんなことって……」

「ザラ作戦参謀、あなたも知っていたのですか？」

「今の映像は『地上のへそ』の地下神殿で撮られたものです。私も同行して、この目で確かめました。今まで言えなくてごめんなさい」

ザラの謝罪の言葉も今の二人の耳には届かない。

「始めから説明しよう。地上のへそがある場所にはな、大昔にルフィーナ王国っていうエルフだけが暮らす国があったんだ。で、その国はまぁそれなりに賑わっていて争いとかもなくてな。平和に暮らせていたんだ」

ポツリポツリとリューゲは語り始めた。

「だがよ、その平和を退屈だって勘違いする馬鹿が現れた。しかも運が悪いことに、その馬鹿が国のトップ、国王なんぞになっちまってな。結果的にそれがルフィーナ王国の終わりの始まりだったんだ」

「王様が原因だったの？」

「馬鹿一人が勝手に暴走するだけならまだ良かったんだが、そいつの暴走に一つの国が滅びてしまうぐらい拍車を掛けてしまう奴が現れたんだ。そいつの名はシュトール。お前らの間で『奇跡の天才科学者』とか持て囃《はや》されている、あのシュトールだ」

「――――ッ!!」

アネットの肩がビクッと跳ねる。両腕を失い瀕死の自分を救った技術はどの国にも存在しないものだった。

なぜ自身の身に奇跡を起こすことができたのかなど、様々な疑問が氷解していく。

「……ん？　ちょっと待って！　シュトール博士が亡くなったのってたしか数年前のはずでしょ。話がおかしいわよ」

「それがおかしくないんだな。あのジジイはエルフの肉体のまま長い時を生き続ける方法をずっと研究していたんだよ。ま、そこんところは置いておいてだ、ルフィーナ王国が滅亡したワケってのを説明しないとな」

まるで昨日見た悪夢を語るように、リューゲの言葉からは無念さがどうしようもなく伝わってくる。

「国王のやつは国民全員をダークエルフにしようとしたんだ。クレイシアはよく知っているだろう、ダークエルフの力は一国の騎士団にも匹敵するからな。成功すれば世界を支配することだって楽勝だ。シュトールの発見したダークエルフ遺伝子ってやつを移植すれば安全に到れるなんてほざきやがったよ」

「……成功しなかったの？」

「あぁ結果は失敗、国民全員ベヒーモスさ。ルフィーナ王国は、あっという間に火の海に変わっちまったよ。なぜ銀のベヒーモスを倒さなきゃいけないかわかっただろ？　あいつは今も生き延びて人間になりすまし、ベヒーモスを量産している。人工的にダークエルフを作るって妄執を叶えるためにな」

「じゃあ、わたしは……仲間を……罪のないエルフたちをこの手で殺して……」

クレイシアの目の前が一気に暗くなり、脚がガクガクと震える。手の平は汗でぐしょぐしょだ。

ベヒーモスは生きとし生けるものの天敵ではなかった。幸せに生きようとした運命をねじ曲げられ、無理やり化物へと仕立てられた被害者だったのだ。

「嫌な話を聞かせちまってすまねえな。でも自分の力でダークエルフに到り、銀のベヒーモスに因縁のある、あんたたちだから知ってほしかったんだ。もう二度と犠牲になるエルフを出したくねえんだよ」

「……どうしてそんなに詳しいの？」

「それは企業秘密ってやつだ。まあこれで気が変わって、協力する話はナシってことにしてもかまわないぜ。同胞を殺すのはキツいからな」

「まったく……あなたという人は気遣いがなさすぎます」

　ザラに呆れられながらも、クレイシアとアネットを正面から見据えリューゲは言う。金髪の少女騎士はぎゅっと拳を握り俯いていたが、やがて顔を上げた。

　クレイシアの瞳には後悔や恐れではなく、決意の炎が宿っている。

「前言撤回なんてしないわ。たとえ元エルフでもわたしは戦う。アネットを苦しめたやつをこの世から消し去ってやる」

　親友のためにクレイシアは戦うことを決めた。自分の信じていた正しさが間違いだったとしても、真実がどれだけ残酷でも前に進み続ける。

「わかった。改めてよろしく頼むぜクレイシア」

「ええ、リューゲ。アネット、わたしは決めたわ。アネットは──」

「あ……アア……」

「ど、どうしたの……？」

　隣にいた親友の様子が明らかにおかしいことに、クレイシアは気づいた。痙攣する身体と滝のように流れ落ちる汗、今の話にショックを受けただけとは思えない。

『今日はお前の力を試すためにこのベヒーモスと戦ってもらう。手術が成功していれば問題なく勝てるはずだ』

『わかった』

　アネットは過去の記憶の中にいた。シュトール博士の実験で殺し合うことになった小型のベヒーモス、その個体は戦闘に消極的で簡単に勝つことができた。

『ハアアアアアアアアアァッ!!』

『ぎゃうっ！　ううううう……』

幼いアネットの剣がベヒーモスの前脚を斬り飛ばす。義手の力に任せた大振りな剣筋だが、相手は避けようともしない。

『お前たちのせいで村のみんなが……みんなが！　うわああああああああああああぁあああああっ！』

『ぐぎゃっ！　ギャああああああっ！　グルウウウゥ……！』

銀のベヒーモスへの怒りを込め、がむしゃらに斬りつける。皮膚が裂け鮮血が派手に飛沫を上げる。

それでもベヒーモスは怯えるだけで、ただの一度も反撃してこなかった。鋭い爪や長い牙があるのに。やがて噴き出す血もなくなって、屍になるまで。

手術の成果が確認できず、博士が怒鳴り散らしていたことを思い出す。

「アア……アアアアア……」

『まったく使えんやつだ！　わざわざ川から拾ってやったというのに無駄な時間を使わせおって！』

あの時はまだ子供でベヒーモスの卵を拾ったのだと思っていた。だがリューゲの話が本当なら色々なことに説明がつく。

自分と一緒に妹も陵辱され川に捨てられたこと。シュトールは死んだと言っていたが、もし生きていて研究材料に使われていたのだとしたら。

そして自分と違い手術が失敗していたのだとしたら――あの怯えた瞳は妹だったのではないか？

「あああ……ウワアアアアアアアアアアアアアアアアアアアアアアッ!!」

「アネットしっかりして！　一体どうしたっていうの!?」

アネットは慟哭していた。声が嗄れるほど叫び、涙を流し、気づけば注射器を首筋に突き当てていた。

針を刺し躊躇なく押し子に力を入れる。薬液が体内に流れると瞳が見開かれ、口からは呪文が紡がれた。

――少女は妖精たちの祝福を受けた。

――少女は美しい美女に成長した。

――呪いが少女を長き眠りに誘った。

「こ、これってまさか！」

「おいおい、冗談だろ。あんたもかよ！」

クレイシアとリューゲが驚きの声を上げる。アネットの肌は凍えるような青になり、背中からは蝙蝠《こうもり》に似た翼が生えてくる。

騎士の服は消滅し、サキュバスめいた扇情的なコスチュームが身体を包んだ。

――茨の檻が少女を阻んだ。

――百代《はくたい》の時を経て少女は目覚めた。

——愛を与えられ。

絶望と共にアネットは最後の一節を口にした。

「——解除《アクティベート》」

「アネット！　待って！」

「ガアアアアアアアアアアアアアアアアァァァ————ーッ!!」

「きゃっ！」

慟哭と共に爪が空を切ると、訓練場の地面が大きく抉れた。土煙が巻き上がり、飛び散る石をクレイシアはなんとか剣で弾く。

リューゲとザラも防御魔法を展開し、直撃を回避していた。

「こいつはヤべぇな。感情に呑まれすぎて魔力のコントロールができてねえ。このままじゃなにもかも破壊するまで止まらねえぞ」

「止める手段はないの⁉」

「同じダークエルフの力なら抑え込めるが、今のお前じゃ無理だ！」

「あっ……」

クレイシアは訓練で魔力を使い果たしていた。今ダークエルフに変身するだけの余力はもう残っていない。

「お願いだからやめて！　正気に戻って！」

「ア……アア……」

親友からの呼びかけで、一瞬だがアネットの瞳に理性が戻る。だが、力を制御することはできないのか、明後日の方向に魔法を放つと、翼を広げ空に飛び立ってしまった。

弾丸のような速度で、見る見るうちに姿が小さくなっていく。

「アネット待っていて！　わたしが必ず連れ戻すから！」

クレイシアの声は紅に染まり、夜を迎える空に溶けていった。

最終章　生きとし生けるものの天敵を滅ぼす存在

アネットのダークエルフ化と離脱は、すぐにヴィクトール王国騎士団、『エルドラド』の全員が知ることとなった。

事件からすでに一週間が経過し、王国の近辺では魔物やベヒーモスの死体が大量に積み上がっている。

すべてアネットの手によるものだ。今はまだ人間への被害が出ていないが、この先もそうなるとは限らない。

暴走したアネットの感情の矛先が、どこに向かうかはまったく予測不可能だ。

「大変なことになりましたね。敵を討つ前にまず彼女の対処を考えなければ」

「今回ばかりは俺の大ポカだ。事前に調査したが『銀のベヒーモス』はともかくシュトールとも繋がりがあるのは想定外だったぜ。本当にすまねえ」

「いえ、誰にも予想できないことです。それこそ神でもなければ」

今後の方針を話し合うため、特務部隊の作戦参謀室でザラとリューゲは椅子に腰掛けていた。

長机にはアネットが使った注射器が置かれている。

「エルドラドで解析したが移植したダークエルフ遺伝子を強制的に覚醒させる薬だな。アネットはシュトール最後の成功作ってわけだ。まあ身体にどんな負荷がかかるかわかったもんじゃねえが」

「人工的なダークエルフということですか。薬が切れれば元に戻りませんか？」

「それが最良のパターンだが現状だと難しいな。完全に力に呑まれてる。殺した魔物たちから魔力を吸収して死ぬまで暴れ続けるつもりだぞ」

リューゲは頭が痛いというように額に手を当てた。

「クレイシアの話ですと過去に陵辱され、妹と共に川に捨てられたところをシュトール博士に拾われたそうです。そこでなにかあったのかと」

「あのジジイのことだからどうせロクでもないことだろうな。さて、これからどうするか。討伐隊を組むにしても今は戦力を温存したいところだが……」

「その任務、わたしにやらせてもらえませんか？」

ドアを開けて入ってきたのはクレイシアだ。騎士の姿で装備もレベルの高いものを身に着けており、まるでこれから戦いに向かうような姿である。

「クレイシア、今は会議中ですよ」

「突然押し入ってごめんなさい。でも話はすべて聞かせてもらいました。彼女は必ずわたしが連れ戻します」

「いくらあんたが強くても相手は同格のダークエルフだぜ？　到った存在同士での潰し合いなんて認められねえな」

「わかっています。それでもわたしを信じてください。アネットは大切な友達なんです。どうか……お願いします！　お願いします！」

騎士団学校で共に学び、戦場で何度も背中を預けた仲間、アネットをベヒーモスと同じ討伐対象として見ることなんて絶対できない。

自分が無茶なことを言っているのは百も承知で、クレイシアは何度も頭を下げて懇願する。

「アタシらからも頼むぜ。クレイシアを行かせてくれ」

「お願いするッス」

「‼　あなたたちが頭を下げるとは驚きましたね」

部屋に入ってきたのは、特務部隊一番の問題児であるイライザと、諜報担当でつかみ所のないヴィオラだ。

滅多に協調性を見せない二人の登場に、ザラは驚きの声を上げた。

「イライザ……ヴィオラ……ありがとう」

「アネットがいねぇと戦い甲斐のあるヤツが減っちまうからな。終わったらもっとアタシをゾクゾクさせてくれよ」

「お二人にはお世話になってますからね。頭くらいいくらでも下げるッスよ」

三人は繰り返し繰り返し頼み込む。リューゲは鋭い眼差しでその様子を見ていたが、やがてフッと口角を上げげた。

ザラも「仕方ありませんね」という素振りで眼鏡を上げてため息をつく。

「わかった。そこまで言うなら行ってこい。ただし絶対に連れ戻して帰ってこいよ」

「――――ッ‼　ありがとうございます！」

「アネットは今、『地上のへそ』の辺りにいるはずだ。説得するなら急いだ方がいい」

「はい。クレイシア・ベルクはアネット・ストールの説得任務に向かいます！」

リューゲが言い終わるとクレイシアは特務部隊本部を飛び出し、ダークエルフ化して飛び立った。

雷のような速さで地上のへそへと向かう。

「あーあ、アタシも一緒に行きたかったぜ」

「ダメッスよ。ボクたちがいたら足手まといになっちゃうッス」

人間もエルフも超越した後ろ姿を見つめながら二人は呟いた。肩を並べて戦っていた戦友が遠くに行ってしまったようで、少し寂しい。

「いいんですか？　味方のダークエルフを失うリスクを考えると無謀すぎる気がしますけど。あと彼女の上官は私なのですが」

「悪い悪い。でも止めたって一〇〇パーセントあいつは行くぜ。それに娘だからな。格好つけてみたくなったんだよ」

「もう、それ直接言ってあげた方がいいですよ」

クレイシアと同じ金髪を弄びながらリューゲは言う。世界の命運を懸けた戦いは、もうすぐそこまで迫っていた。

◆◆◆◆

「ここが地上のへそ……」

　地面に穿たれた巨大な穴のそばにクレイシアはいた。かつてルフィーナ王国があった場所には苔が生えて崩れかけた城壁や、無数の瓦礫が転がっている。

　そして周囲には真新しい戦闘の跡が残り、大量のベヒーモスの死体が積み重なっていた。

　情報通りアネットはここにいるようだ。

「待ってて。すぐに行くから」

　翼を翻し穴の中に飛び込む。

（すごい……初めて来たけど、こんな場所だったんだ）

　穴の下には石造りの地下神殿が広がっていた。規則正しくタイルが並び、巨大な石柱が威圧感を放っている。

　奥に進むにつれてベヒーモスの死体の数は増え、鼻を突く血腥《ちなまぐさ》い匂いが濃くなっていく。

（アネットの魔力の気配がする。あと少し……！）

　そして、クレイシアは誰も足を踏み入れたことのない、神殿で最も深い場所にある教会へと辿り着いた。

　扉を開くと、ステンドグラスを見上げる場所にアネットはいた。髪は海色で肌は白く、いつもの彼女と変わらない姿だ。

「……クレイシア。ここに辿り着いてしまったか」

「言ったでしょ？　連れ戻すって！　そんなとこにいないで一緒に帰ろう！」

「…………」

金色の髪のエルフの呼びかけに、青髪のエルフは静かに首を横に振る。

「どうして？　自分がいると迷惑になるとか馬鹿なことを考えているの？」

「…………ふっ」

「もうっ！　アネット！　またわたしを子供扱いして！」

「ふふっ、相変わらずだな」

「むぅぅ！　あとで覚えておきなさいよ！」

「あぁ……」

青髪のエルフは目を細めて微笑んだ。彼女の瞳には薄っすらと涙の粒が浮かんでいる。

「クレイシア……最後に会えて良かった……」

「アネット？」

「最後のお願いだ……頼む……早く、ここから逃げてくれ……私……私を抑えきれなくなる……前に……！」

少女騎士の身体から凄まじい魔力が噴き出し、ビリビリとステンドグラスが震える。普通の人間なら威圧感だけで気を失ってしまうだろう。

「……早くここから……消えてくれ……そうでないと……私は……お前を――」

「ダメ！　力に呑まれないで！」

「あああああああああああああぁああああぁ――っっ！」

叫びと共に闇色の閃光が迸り、アネットはダークエルフに変身した。最早呪文の詠唱すら必要とせず、莫大な魔力に精神を侵食されている。

今の彼女は破壊をまき散らすだけの存在だ。

「大丈夫、また一緒にお風呂に行こう」

「ああ……アアア、ウウウウウゥゥゥ――――ッ！」

――少女は灯りを羨望した。

――少女は鳥を探して旅に出た。

――少女は思い人と出会った。

――そして少女は戦った。

――そして少女は魅せられた。

――そして少女は知った本当の幸せを。

歌うように呪文の詠唱が始まる。アネットに負けない魔力の渦が小柄な身体から湧き上がってくる。

「――解除《アクティベート》！」

最後の一節を紡ぎ、クレイシアはダークエルフに変身した。他の生物とは桁外れの力に気分が高揚するが、今の彼女に以前のような加虐心はない。

友達を助けるために自分のすべてを使い尽くす。

「ハアアアアアアアァァ――ッ！」

「ガアアアアアアアァァ――ッ！」

剣を握り、二人のダークエルフが激突する。イービルロイドやベヒーモスさえ一撃で塵にする魔力がぶつかり合い、教会全体を地震のごとく揺らした。

目に見えない速度で刃が交差し、無数の火花が飛び散る。

「オオ、オオオオオオオォォ――――ッ！」

「くっ、――《宵闇の剣》ッ！」

力任せに振るわれる斬撃の雨を、ダークエルフにしか使えない魔法剣で辛うじて逸らす。

剣の腕では感情をコントロールできるクレイシアに分《ぶ》があるが、アネットは魔獣のような暴力衝動に身を任せ、呼吸の時間すらない連撃を浴びせかけた。

魔法防御を貫通し、クレイシアの肌に赤い線が奔る。

「ハアアアアァ――、《バースト》ッ！」

「グルル……フンッ！」

「っ……ダメか」

距離を取り炎の上級魔法を放つ。手の平を中心にして、灼熱の波がアネットに殺到する。

しかし、鉄すら融解させる攻撃は剣の一振りでかき消されてしまった。

反撃とばかりに放たれる魔力の弾丸が少女の身体を削る。

「あうっ……あああっ！　《ブリザード》ッ！　《ライトニング》ッ！」

氷の上級魔法が無数の氷の槍を生み出し、雷の上級魔法が雷鳴と共に強烈なスパークを発生させる。

だが、どちらもアネットの身体に触れることさえできない。相手を気遣い全力で力を使うことのできないクレイシアは、徐々に追い詰められていく。

「アアアアアァ――ッ！　ガアアアアアァァ――ーッッ！」

「きゃ、あああああっ！　ぐっ、ううぅ……」

ついに剣の一閃がクレイシアの身体を捕らえた。褐色の少女の身体が教会の床をゴロゴロと転がる。

口の中に血が滲み、鉄の味が広がった。

(このまま戦っていても厳しいわね。一《いち》か八《ばち》か、やってみるしかないか)

圧倒的に不利な状況で、少女は前を見据え覚悟を決める。親友を元に戻すため、最後の賭けに出た。

「これ以上あなたと戦うつもりはないわ。来てアネット」

「ウ、ウウ……」

クレイシアは剣を捨て、両腕を広げた。まったく無防備な身体が晒される。

「ハーラルト大臣と戦った時に暴走したわたしを止めてくれたよね。だから今度はこっちの番。心を鎮めて。あなたは聡明でみんなを何度もピンチから救ってくれたはず。ダークエルフの力なんかに負けないで」

「クレイシア……う、ヴ……アアアアァァ――――ッッ！」

親友の言葉で僅かに戻る理性の光。しかし、それは抗い難い破壊衝動によって押し流されてしまった。

アネットは剣を腰だめに構え、クレイシアに向かって突撃する。音の速さで繰り出される刺突は、真っ赤な薔薇の花を咲かせた。

「アネット、一緒に帰ろう。――――《シール》ッッ!!」

「あ……あうあああああぁあああああぁああああああっっ！」

アネットの剣は脇腹をかすめただけだった。血は派手に噴き出したが、致命傷には到っていない。

クレイシアは子供を迎える母親のようにアネットを抱きしめ、《シール》の魔法を唱えた。

この魔法には一定時間魔力やスキルを封印する効力がある。

本来ならレベルの高い存在には効かないが、相手と同格のダークエルフが直接魔力を流し込めば話は別だ。

「あぐ、ううう……ガアアアアアァ――ッ!!　あ、ああ……」

「つらかったね。気づいてあげられなくてごめん」

魔力と魔力の流れが混ざり合い、アネットの記憶がクレイシアに流れ込む。男たちに陵辱された過去や、妹を殺してしまった後悔を、彼女はすべて受け止める。

やがて二人の身体からダークエルフの力が抜け、元の姿に戻った。あれほど荒れ狂っていた破壊の衝動も、凪いだ海のように落ち着いている。

「クレイシア……私は……すまない」

「ううん、いいの。元に戻れて良かった」

涙を流す親友をぎゅっと強く抱きしめる。こうしてクレイシアの任務は完了した――。

「小娘が。余計なことを」

「――――ッ!?」

低く渋い声が教会に響いた。

扉をくぐり現れたのは豪奢な金の王冠を被り、赤を基調にしたダブレットを身に着けた老人。ヴィクトール王国の統治者、ヴィクトール王だった。白く威厳のある口ひげを指で弄んでいる。

なぜ国王が今現れたのか？　二人は動揺を隠せない。

「国王様、どうしてここに……？」

「なんだ、聞いておらぬのか儂の正体を。この場所に辿り着いたということは、当然知っているものだと思っていたがな」

「まさか！」

演説とはまったく違う昏く、敵意に満ちた声。ハーラルト大臣と同じか、それ以上の悪の気配が漂ってくる。

「見せてやろう。儂……いや我の真の姿をな」

ヴィクトール王の姿がぐにゃりと歪むと、空間に穴が開き地の底から轟くような声が聞こえてくる。この世界と異なる次元から姿を現したのは、眩《まばゆ》いばかりの銀色に輝くベヒーモスだ。

通常の個体より二回りも大きな巨体で、ただそこにいるだけで呼吸ができなくなるほどのプレッシャーを放っている。

「そんな……国王様が銀のベヒーモスだったなんて……」

「貴様ァッ！　ずっと私たちを、民を騙していたのか！」

「吠えるな定命《じょうみょう》の虫けらが。お前たちなどダークエルフを生み出すための実験材料にすぎん。身の程をわきまえよ」

　冷酷な、地を這うアリを見るような目で銀のベヒーモスは言う。二人の動揺や怒りの言葉など欠片も響いていない。

「騎士団など民の不満を逸らすための道具としか思っていなかったが、特務部隊が力を持ちすぎたのは誤算であったな。もう少しオークやレジスタンスどもを焚き付けておくべきだったか」

「っ……あなたが情報を流していたのね！」

　オークの集団が特務部隊を待ち構えていたことをクレイシアは思い出す。裏で手引きしているのがヴィクトール王なら、あの怯えようも納得だ。

「あと数週間で赤い月の夜を迎えられたものを。我の手駒をずいぶんと減らしてくれたようだな」

「手駒だと？　ここにいたのは普通のエルフたちだ！　貴様に利用されただけのな！」

　アネットの怒りがさらにボルテージを上げる。ダークエルフの力に呑まれながらも地上のへそへ辿り着いたのは、怪物にされた同胞をこれ以上利用されたくない想いが、心のどこかにあったからだ。

「あなた本当にヴィクトール王なの？　わたしたちが命を懸けて仕えてきた王様なの？」

「いかにも。我こそがヴィクトール王国の統治者だ。偽りの人間の姿を見せ、数百年の時をダークエルフの研究に捧げた、な。どうだ？　もう一度声を聞くか？」

「ありがと。よくわかったわ。あんたが最低のゲス野郎だってことがね！」

声色が国王のものに変わると、クレイシアの中で堪忍袋の緒が切れる。リューゲの話が真実だと確信し、今まで屠ってきたベヒーモスと同じように戦闘態勢を取る。

「そうあからさまに感情をぶつけるな。怒りたいのはこちらの方なのだぞ」

「どういうことだ」

「アネットと言ったか。お前の存在そのものが我は許せぬ。シュトールのやつめ、研究成果を隠しおって。本来ならその姿は我が到達するはずだったのだぞ！」

銀のベヒーモスの咢《あぎと》が開き、妄執のこもった声が吐き出される。過去にルフィーナ王国を治めていたエルフは、本物の怪物へと成り果てていた。

「お前たちを次元の狭間に幽閉し、命が終わるまで犯し尽くしてから殺してやろう。十年、二十年、百年だろうと付き合ってもらうぞ」

「あんたの変態趣味なんてお断りよ。消えなさい！」

「貴様の無駄に長い生も、ここで終わりだ！」

クレイシアとアネットはこの世界の敵へ向け剣を構える。すでに相当な魔力を消耗しているが、退く選択肢はない。

銀のベヒーモスを屠るために二人は駆ける。

「愚かな。ただのエルフの身体で勝つつもりか」

「やってみなくちゃわからないわよ。どんなことだってね」

「殺された村のみんなの痛み、思い知れ！」

クレイシアが右、アネットが左から剣を走らせる。肉を切り裂き銀のベヒーモスの前脚から、派手に体液のシャワーが噴き上がった。

「ぐうぅぅ……っ！」

「余裕ぶっててざまぁないわね！　わたしたちを舐めすぎよ！」

「などと言うと思ったか？」

「なにっ⁉」

獣の口角が上がる。今つけた傷が時間を巻き戻すように、元の状態へ戻っていく。

「回復魔法⁉　くっ、やってくれるわね」

「赤い月の夜でなくともこの程度の傷なら造作もない。我にたて突いたことを後悔するがいい」

「あぐ、あああぁあああああっっ！」

「グ、くうううぅ……」

銀のベヒーモスが咆哮《ほうこう》を上げると、幾筋もの雷が頭上から降り注いだ。青白い雷光がバチバチと音を立て、教会を眩く照らす。

防御魔法で直撃は回避できたが、高い魔力量から繰り出される攻撃に身体の芯が震える。

「あう、うううぅ……！」

「くっ、なんて力だ……」

魔力を集中させ懸命に耐える。肉や骨が軋《きし》み鈍い音を立てた。

「ほう、まだ原形を留めているか。中々にしぶといな」

「あんたを屠るまで死ねるわけないでしょ。ハアアァ――ッ！」

「いくぞ。オオオオオオォ――ッ！」

魔法を躱《かわ》しながらクレイシアとアネットは高速で斬撃を浴びせかける。刃の軌跡が途切れることなく銀のベヒーモスの肉を裂き、血飛沫が舞い上がった。

だが、脚や翼を斬ろうと目を潰そうと即座に傷は塞がってしまう。無限に思える回復力と、激しい攻撃に二人は追い詰められていく。

「無駄だ。お前たちの奮闘はすべて無意味よ」

「あぐ、あああああああぁぁ――――っ！」

「クッ……うううぅ……っ！」

通常のベヒーモスとは比べ物にならない炎のブレスが二人を襲う。津波のように床を埋め尽くす灼熱が、ゴオオォッとオレンジ色の火の粉を飛ばす。

《マジックシールド》の魔法で魔法防御を強化しているが、それも長くは持たないだろう。汗が噴き出し白い肌が赤く染まっていく。

クレイシアとアネットは背中合わせでどうにか攻撃を凌いでいた。

「……このままじゃ勝ち目はないわね。なにか作戦ある？」

「あるにはあるがリスクが高すぎる。選択肢次第だが、最悪の場合私とお前のどちらかが死ぬことになるぞ」

「へー、それいいじゃない。わたしが困難な選択肢を選んで死ななかったら、アネットも自動的に助かるってことでしょ？」

「ふっ、お前にはいつも驚かされるな。少し耳を貸してくれ」

アネットから耳打ちをされたクレイシアは、剣を握り直し強く頷いた。そして、銀のベヒーモス目掛けて正面から突撃する。

「血迷ったか小娘。ならば死ねい！」

（ここを……この攻撃を躱す！）

口蓋が開き魔力が銀色の光となって放たれる。まるで流星のような一撃、直撃すれば骨も残らない力の奔流を、クレイシアは床にぶつかりそうなほどの前傾姿勢で駆けながら回避する。

銀のベヒーモスとの距離が三十メートル、二十メートルと近づき、十メートルを切った瞬間、生きとし生けるものの天敵を滅ぼす存在が現れた。

「――解除《アクティベート》ッッ‼」

「貴様まだそんな力を……ッ！」

クレイシアは力を振り絞り、ダークエルフに変身する。そして湧き上がった魔力を右手にすべて集中させた。

「相打ち覚悟で力を使うつもりだろうが無駄だ。ダークエルフに到ろうとその程度の魔力で我は倒せぬ」

「わたしがいつ倒すって言ったかしら？　くらいなさい――《ブラインド》ッ！」

「なっ、なんだと⁉」

右手から噴き出した煙で銀のベヒーモスの視界が黒一色に染まる。本来なら効くはずのない下級魔法でも、ダークエルフが全力を注げば話は別だ。

「クソッ、小賢しい真似を！　だが僅かに時間を稼いだところで無意味なことだ！」

「それはどうかな」

「………？　……なにをした」

暗闇に紛れ背後からアネットの声が響く。首筋にチクリと痛みが走り、強烈な一撃を予想していた銀のベヒーモスは首を傾げた。

「グクク、手元が狂ったか？　千載一遇の好機を逃したな」

「いや、しっかりと入れさせてもらったぞ？」

「なにを世迷い言《よまいごと》を……あ、が、ガぁッ!?　な、なんだこれは……我の身体が……ガアァァアアアアアアアア――ッ!?」

筆舌に尽くし難い痛みに、銀の巨体が激しくのたうち回る。ビキビキと不自然に皮膚が盛り上がり、回復魔法でも癒すことのできない痛苦が肉を骨を臓腑を襲う。

「苦しいか？　これがお前が踏みにじってきた者たちの痛みだ」

「グウウゥ……ッ！　そうか……その薬はシュトールの……」

「気づいたようだな。この薬は移植したダークエルフ遺伝子を覚醒させる。最も成功作の私ですら使用できる回数は多くないがな。さて、それを失敗作の貴様に注射したらどうなると思う？」

アネットは手に握った注射器を見せつけながら言う。ダークエルフ遺伝子を過剰に刺激され、銀のベヒーモスの肉体は内側から崩壊を起こしていた。

クレイシアとアネットがつけた分だけでなく、過去の戦闘で治したすべての傷口が開き、痛みを与え続ける。

「ギャアアアァアアアアアアッッ！　こ、こんなことが……数百年の時を生きる我が、たかがエルフの小娘ごときに追い詰められるはずがない……っっ！　ガ、アガアアアアアアアアアアァァ────ッ‼」

銀のベヒーモスの巨体がのたうち回る。大物じみた仮面は剥がれ、オークと同じように醜い悲鳴を上げる。

「これしきのことで死んでたまるものか……くそっ、なぜ傷が塞がらん！　役立たずの回復魔法め！」

「無様だな。数多の命を奪っておいて自分の死を拒むのか」

「シュトールの玩具ごときが見下すな！　我は他の下等生物とは違う……生きとし生けるものの天敵、それを統べる存在が我なのだぞ！」

細胞そのものが死に向かい、回復魔法が発動しない。膨大な魔力も穴の空いた桶のように体外に漏れ出て消えていく。

(ダークエルフの研究さえ完成していればこんなことには……妻も息子も民も無限の力を手に入れられたのに)

最も古い記憶、滅びたルフィーナ王国の景色が脳裏に浮かぶ。銀のベヒーモスに変貌してでも生き続けたのも、すべては研究を達成するため。

ダークエルフに到りたいという妄執が、ギリギリのところで命を繋ぎ止めていた。

「滅びるものか……王が朽ち果てるなどありえん！　オオオオオオオオォッ！」

銀のベヒーモスはヒビの入った爪を振り上げる。しかし、攻撃に移る前に巨腕は自重で崩壊した。

血の代わりに黒いヘドロのような粘液が垂れ落ちる。

「ギャアアアアアアアアアアアッ！　グ、ぐおおおおおおおぉぉっ！」

「あなたは長く生きすぎたのよ。もう眠りなさい」

「地獄でシュトールと研究に打ち込むんだな」

クレイシアとアネットは改めて剣を構え、最後の力を振り絞る。悲しみの輪廻を断ち切るために、生きとし生けるもの天敵、その元凶に刃を向ける。

「くらいなさい！　──《カタストロフィ》ッッ!!」

「この世界から消え失せろ！　──《デスサイズ》ッッ!!」

「ク、クソ……赤い月の夜ならば……今でさえなければアァァアアアアアアアアアアアアアアアッッ！」

苦悶と後悔に満ちた断末魔が上がる。

最強の精霊魔法が生み出す爆炎と、死神の鎌のごとく華麗な弧を描く斬撃が、銀のベヒーモスの肉体を焼き尽くし両断した。

あらゆる悲劇を引き起こした存在はついに息絶え、肉体は光の粒子となって完全に消滅する。

他のベヒーモスの死体も同じように消えていく。地上のへそを中心にして、淡い光が天に昇っていった。

「終わったんだな……」

「ええ。これで全部ね」

力を使い果たし、倒れそうになるアネットをクレイシアは支える。復讐に生きた少女の身体は、驚くほど軽かった。

「みんな勝ったぞ。銀はもういない」

焼き尽くされた村の人々に向け青髪の騎士は呟く。どんな苦汁を味わおうとも殺すと誓った復讐相手はすべて息絶えた。

「クレイシア、少し胸を貸してもらってもいいか？　涙が止まらないんだ」

「いいわよ。好きなだけ泣いて」

「ああ、うわあああぁあああああぁあああっ！」

子供のように泣きじゃくるアネットの頭を撫で、クレイシアは穏やかに微笑んだ。光の粒子は泡のように昇り続け、少女たちと教会を幻想的に彩った。

◆◆◆◆

「あの光は一体……」

「戦いが終わったってことさ。あいつらが銀のベヒーモスに勝ったんだ」

特務部隊本部の前でザラとリューゲも空に立ち上る光を見ていた。事情を知らない民衆たちは不思議そうな顔で空を仰いでいる。

「どのような根拠で断言しているのか気になるところですが、あなたが言うのならそうなのでしょうね」

「悪いな、これも企業秘密ってやつだ。だがもうベヒーモスと戦わなくてもいいはずだぜ。ルフィーナ王国のやつらも安らかに眠れるさ」

リューゲはどこか遠くを見つめながら言う。

「これから忙しくなるぜ。他の国にとっちゃ一番の障壁がなくなったんだからな」

「やれやれ、人間の敵はどこまでいっても人間ということですか」

「まあな。でもこの国と俺たちならなんとかなるはずだ。頼りになる仲間もいるしな」

「そうですね。いい加減争いにも飽きてきましたし、平和な世界というものを作ってしまいましょうか」

ザラは微笑するとクイッと眼鏡を上げて空を見た。ようやく肩の荷が下りたのかその顔つきは晴れやかだ。

「おっ、ザラ先輩ッスよ」

「エルドラドの頭もいるじゃねぇか。二人で密談の最中かァ?」

「ええ、これからの話をしていました」

ヴィオラとイライザが走ってくる。騎士団とエルドラド、立場の違う二つの陣営は同じ未来を見ていた。

この世界に数え切れない悲劇を振りまいていた化け物はもういない。

生きとし生けるものの天敵を滅ぼす存在、其れは宵闇の使者《ダークエルフ》と云われていた。

ＩＦ番外編　敗北した正義・堕ちるダークエルフ

「あぐ……ああああああああぁああああっ！」

「っ……あぐううううぅうううううぅっ！」

銀のベヒーモスの火炎がクレイシアとアネットを直撃する。すでに魔力は限界を迎え、《マジックシールド》を張る力も残っていない。

少女のしなやかな総身が無様に床を転がった。

「勝負あったようだな。ダークエルフの力もなく我に敵うものか」

「くっ、舐めないで。わたしはまだ戦えるわ！」

「たとえ手足をもがれようと貴様だけは必ず殺す！」

ボロボロの状態で剣を構え、戦意を奮い立たせる。二人の瞳はまだあきらめていない。

「まだ歯向かう気力があるとは驚いた。まったく定命の者は愚かで困るな」

「言ってくれるわね。自分は賢いと思ってるわけ⁉」

「お前たちは真の絶望を知らん。この世には死んだ方がマシなことなどいくらでもあるのだ。今からそれを教えてやろう」

「ひゃうっ⁉　しょ、触手⁉」

「くっ、放せ！」

銀のベヒーモスの背中から無数の触手が出現すると、クレイシアとアネットの身体に巻き付いた。

手足を拘束され自由に動くことができないまま、股座《またぐら》へと運ばれてしまう。股間では丸太のように太いペニスがそそり立っていた。

形は人間の男のものと変わらないが、大きく張り出したカリ首や、蛇のごとく浮き上がる血管は最早凶器だ。

「汚いのを近づけないでよ……うう、最悪……」

「貴様の醜いモノを見せるな。反吐が出る」

「そんな口を利いていられるのも今の内だな。早ければもう効果が出るはずだ」

「なにを言って……あ、んうううぅっ⁉　か、身体が熱い……」

「まさか媚薬を……くっ、クウウウウゥッ！」

触手を伝って肌を濡らす粘液は薄い緑色で、意識を集中すると魔力を帯びていることがわかる。

銀のベヒーモスは魔法で粘液を媚薬に変化させ、少女を辱める道具としていたのだ。白い肌は湯上がりのように火照り、心拍数が上昇する。

裸で恋人と抱き合っているように、胸の昂りが抑えられない。

「どうだ我の媚薬粘液は？　これだけでもう達してしまいそうだろう？」

「薬で女の子を操ろうなんて最低よ！　本当に下衆ね……あ、くううぅっ！　はぁ……あうあぁぁあああああああっっ！」

「こんなもので私を好きにできると思わないことだな……ぐっ、あぐ、ぐくうううぅぅ

〜〜っ！　ンッ、ンンウウウゥ……ッッ！」

金髪と青髪のエルフは顔を朱色に染め、押し寄せてくる快楽に身悶える。乳首やクリトリスは早くも勃起し、膣口からは透明な液体が滲み出してくる。

敵の肉棒を目の当たりにしているのにゴクリと喉が鳴り、ハッハッと犬のように呼吸を乱してしまう。

気が付けば舌を出し、巨大な亀頭に近づけてしまっていた。

「ダメ……こんなやつのペニスを舐めるなんて……で、でもすごくたくましくて美味しそう……ああ、うううぅぅ……」

「こいつは村のみんなの仇なんだぞ……そんなやつのモノを舐めるなんてできるわけが……くぅ、し、しっかりしろ！」

理性と淫悦の狭間で煩悶しながらも、クレイシアとアネットはキスをせがむように勃起肉へ顔を近づけてしまう。

街灯へ羽虫が引き寄せられるかのごとく、自分をコントロールすることができない。そして、柔らかな唇が亀頭に触れた。

「んっ、ちゅう……ちゅう、ちゅううぅ……」

「チュ、んちゅ、はあぁ……」

「そうだ、それでいい。所詮お前たちなど快楽に抗えん肉便器よ」

「う、うるさい……これは媚薬のせいなんだから……ちゅう、れろ、ふぇろおぉ……んんぅ、ああ……」

「こんなもので私を屈服させたと思わないことだな。報いは絶対に受けさせてやる……あん、ちゅう、ふぇろ、ペロペロふぇろ……」

クレイシアは右、アネットは左から太幹に舌を這わせた。熱い血管の脈動と恥垢の香りに、頭がクラクラしてしまう。

胸の内から湧き上がる衝動のままに、卑猥な水音を奏でた。

「れろ、あむ……ちゅううぅ……ぺろ、ぺろ、ぺろぉ……。ああ……すごく大きい……ちゅう、ちゅううぅ……」

「なんてデカいチンポなんだ……はむ、ふぇろ……ちゅう、じゅりゅん。はぶ……んぶ、はぁぁ……」

極太肉竿に頬が触れるほど二人は顔を近づけ、丹念に唾液をまぶしていく。皮膚のブニブニした感触と、奥に感じる芯の硬さがたまらない。

始めは視界に入れるだけで嫌だったはずなのに、もう肉竿から唇も舌も離せなくなってしまう。

「中々上手いではないか。その下も頼むぞ」

「くぅ……わかったわよ」

「やればいいんだろう」

二人は肉幹の根本にある巨大な玉袋に顔を近づける。しわくちゃで楕円形の塊は、まるで別の生物のような不気味さだ。

皮膚の溝をなぞるように舌を動かしていく。

「れろ、ずちゅ……はぶうぅぅ……れろ、れろ、レロレロぉ……」

「んぷ、むっ、あむちゅうぅ……ふぇろ、はむ、くちゅぅ……」

金玉にまで奉仕していると、自分が娼婦以下の存在に堕ちていく気がする。心の中では殺してやりたいくらい憎いはずなのに、フェラチオを止めることができない。

ピンク色の舌をウミウシのように蠢かせ、溝に溜まった汚れまで舐め取ってしまう。

「ちゅう、ぺろ、ふぇろふぇろ……ちゅはぁ……」

（こんなことしてる場合じゃないのに……！　でも身体が熱くて我慢できない……）

「じゅりゅ、じゅりゅ、はぶ、ちゅぅぅ……」

（噛みついてやりたいが身体が言うことを聞かない。ダメだ、こいつのチンポの虜になってしまう……）

葛藤しながらもクレイシアとアネットの口淫奉仕は止まらない。ピチャピチャと音を立てて、メス犬のごとく玉愛撫をする。

すでに下着は愛液で湿り、淫靡な芳香を放っていた。

「そろそろその大きな胸を使ってもらおうか。我のモノは太すぎてこのままでは挿入できんのでな」

「注文が多いわね。んしょっ、これでいいでしょ、この変態」

「くぅ、私の身体をこんなことに……」

クレイシアのＩカップ巨爆乳とアネットのＦカップ美巨乳が、左右から肉幹をサンドイッチする。

極上のマシュマロのような感触がオスの欲情をさらに昂らせ、銀のベヒーモスは口の端を吊り上げた。

屈辱のパイズリ奉仕が始まる。

むにゅ、ふにゅ、むにゅむにゅ♥　ふにゅ、むにゅふにゅん♥　しゅり、スリスリスリスリ♥

「んんぅ……あう、ン、ふぅぅ……」

「むぅ、んんんっ……ああ、くぅぅ……」

胸に手を添え上下に動かしていく。柔らかく滑らかな四つの乳房が、獣のたくましい肉棒を悦ばせた。

プルプルと肌が震える様子は魅惑的で、鈴口から先走りが溢れ出してくる。それをローション代わりにして、さらに快感が高まっていく。

「フフ、よい胸を持っているな。これからは特務部隊ではなく我の玩具として仕えるがよい」

「媚薬がなかったら絶対にこんなことしてやらないんだから。んぅ、うぅ……んくうゥゥ……」

「貴様になど仕えたりするものか。あぅ、くぁぁ……はぅ、あああぁ……っ！　手が止まらない……」

悪態を吐きながらもタプンッタプンッと胸を揺らしてしまう。心地よい圧迫感が幹を刺激し、血管を脈打たせる。

谷間と谷間の弾力が桃源郷のような快美をもたらし、男根を悦ばせた。

「喘ぐだけではなくもっと我を楽しませてみろ。男を悦ばせる術《すべ》は心得ているのだろう？」

「あうぅ……なんでそんなことしなくちゃいけないのよ」

「くだらん。馬鹿も休み休み言え。んう……ぅぅ……」

二人は淫悦に苛まれながらも、反抗の意思を見せる。

「言葉に気をつけろ。我はヴィクトールの王なのだぞ」

「あぐっ……や、やめて！　言う通りにするからアソコを気持ち良くしないで！　ひゃう♥　あああああっ♥　おかしくなっちゃう……」

「ぐ、はぐうううううううぅっっ♥　わ、わかった……貴様に従う。だからこの快楽を止めてくれ……っ！」

銀のベヒーモスが触手に魔力を流すと、身体に塗られた媚薬粘液の効力が一気に高まる。

肌がカァッと熱くなり、心臓が激しく鼓動を打つ。

乳首やクリトリスも下着に擦れるだけでイキそうなほど硬くなるが、最も快楽を感じているのは乙女の膣口だ。

今すぐ自慰をしなければ気が狂いそうなほど昂り、愛液が泉のごとく湧き出てくる。しかし、触手に拘束された状態では指を入れることもできず、少女の肉体はもどかしい衝動に身悶えた。

「フン、初めからそう言えばよいのだ」

「うぅぅ……ハァハァハァ……」

「あぐうぅ……卑劣な手を……」

　ようやく魔力の流出が止まり、クレイシアとアネットは息も絶え絶えに声を漏らす。あのまま媚薬に侵され続ければ、正気を保てなくなっていただろう。

　そして、銀のベヒーモスの思惑通りに口が動く。

「ヴィクトール王様……わたしのおっぱいで気持ち良くなってちょうだい。んぅ……んっ、んううぅ……」

「その牛のように大きな胸でか？」

「っ……そうよ。わたしの家畜みたいに大きなおっぱいで射精してぇ……あぅ、はううぅ……ふぅ、あううぅ……」

　クレイシアは屈辱的なセリフを言いながら胸を押し付ける。自分の身体を貶め陵辱者に媚びさせられ、瞳には涙が滲んだ。

「くっ、私の胸でチンポを硬くしてくれ。チンポに奉仕した経験だけは特務部隊の誰よりもあるつもりだ。あう、んん、ンンンぅぅ……ああ、ううぅ……」

「我が仇だと言っていたな。どうだ今の気分は？」

「最低だが……こ、興奮する。貴様のチンポを扱いているとオマンコが疼いてしまうんだ……あう、はぁ……あんうううぅ……っ！」

　アネットは仇敵の勃起肉を丁寧に磨き上げる。媚薬粘液が理性を削り取り、憎しみよりも快楽が大きくなっていく。

　Fカップの果実は痛いほどにピンクの頂点を尖らせ、パイズリが好きだと宣言してしま

っていた。

「おチンポを綺麗にさせてもらうわね。ちゅ、んん……ちゅぱ、んちゅうぅ……ちゅう、ちゅう、ふぇろぉ……」

「んぶ……はぶ、ぺろ、ぺろ……れろぉ。少ししょっぱいな……はむ、ぺろ、ぺろ、じゅりゅ……ちゅううぅ……」

二人の女エルフは胸奉仕に加えてフェラチオまで再開してしまう。口に入り切らないほど大きく、カリ首の出っ張った亀頭を丁寧に舐める。

舌に残るザラザラした感触と尿の苦さも、発情した身体には心地よい。乳首や膣穴と同じように口腔の感度も上昇し、アイスキャンディーをしゃぶるように、積極的に唾液を塗りたくっていく。

「はうぅ……おチンポ舐めるの好き……この味がすごくクセになるの……くん、くんくん……ああ、匂いもすごい……ちゅう、ふぇろ、ふぇろ、ちゅふうううぅ♥ あん、はああああぁ♥」

「まったく、カリ首にこんなに恥垢を溜めて。ふぇろ……ちゅろぉ……んちゅう、不本意だが私がすべて舐め取ってやる。ぞりゅ、ちゅじゅうう♥ ちゅは、れろ、んふううぅ♥ れろ、れろれろおぉぉ……♥ んく、ゴクン♥」

クレイシアは匂いの強い鈴口の周りを舐め、アネットはカリの裏側に溜まった汚れを口に含み嚥下する。

本来ならば不快感しか覚えない行為だが、発情しきった口腔にはたまらなく甘美で、舌の動きが速さを増す。

「ちゅう、ぺろ……ふぇろ……んはあああぁ……、あ、今ここビクッてした♥　ちゅく、はむ、あむうぅ……♥」

「なるほど裏筋が弱点か。れろ、れろ♥　れろぺろレロレロレロレロぉ♥　ほら、早く射精しろ♥　私たちにザーメンをぶっかけてくれ♥」

巨肉棒の敏感な部分を探り当て、口全体を使って奉仕する。相手が自分たちのフェラチオで感じていることが嬉しく、額が触れるほどに密着してしまう。

ダブルパイズリとフェラチオで海綿体は膨らみ、ヒクヒクと亀頭の先端が蠢いた。血管の脈動が早さを増し、射精が近づいてくる。

「ちゅう、へろ、れろれろれろぉ……！　はむ、ちゅ、んうううぅ……♥　口が感じちゃう……イキたくなってる♥」

「舌が気持ちいい……はぶ、あぅむ、ちゅぶ……ふぉろふぇろぉ♥　ちゅく、んん……はむうううううぅ♥」

膣口に挿入されたように二人の官能が高まっていく。金髪のショートヘアと青髪のストレートロングは、先走りで濡れてベトベトだ。

息を吸うたびに喉奥が疼き、もっと濃い白濁を望んでしまう。

（アネット、あんなに美味しそうにしゃぶってる……気持ち良くなってるんだ……）

（クレイシア、先走り汁まで飲み込んでしまうのか……しかもあんなに嬉しそうに）

お互いの淫猥な姿が少女騎士の心をへし折る。誰よりも信頼していた戦友は、媚び切ったメスの顔をして肉竿に奉仕していた。

　僅かな逆転に懸ける希望ももう見えない。

「そこまで望むなら叶えてやろう。お前たちの望みをな」

「はむ、んうううぅ……！　おチンポが熱くなってる♥　わたしたちにザーメンぶっかけてちょうだい♥　いっぱい♥　いっぱい♥」

「貴様の子種汁をぶちまけてくれ♥　メスエルフの身体をドロドロにしてほしいんだ♥　あん♥　んうぅ……♥　はうううううううぅっっ♥」

　エルフの少女の懇願に応えるように、亀頭が蠢動《しゅんどう》しカウパー腺液がとめどなく溢れ出てくる。四つのおっぱいと口淫奉仕が激しさを増し、欲情が頂点に到達した瞬間、巨大肉棒から噴水のごとくザーメンが噴き出した。

　ビュク！　ブブビュッ！　どびゅ、びゅるるるるるうううううぅぅ～～ッ！

「はうっ♥　ああっ♥　いっぱい出てる♥　びゅーびゅーってザーメンかかってる♥　ンン……ああああああぁぁ～～～～ん♥」

「くぅ、んあああぁああぁぁっっ♥　濃ゆい子種汁が顔にぃ♥　臭いのに汚いのに感じてしまう♥　はぁ、ふうううぅぅ……♥」

　クレイシアとアネットは口を開けて精液を受け止める。生臭い臭気とヌルついた食感、そして苦みが口の中に広がると、膣穴を弄っているように達してしまった。

　全身が電撃を流されたように痙攣し、細面は恍惚の表情に彩られる。

「それほどまでに我の精液が美味だったか？　メス豚どもが」

「ええ……ザーメン好きぃ♥　ちゅる、んん♥　じゅる……ちゅう、ああああぁ♥　はぶ、れろ……ちゅぅぅう♥」

「この味から抜け出せなくなってしまう♥　ちゅく、あああぁ♥　れりゅ、ちゅう、ゴクン♥　はぶ……じゅるはあぁ……♥」

肉幹にかかったザーメンまでも愛おしそうに舐め取り、じゅるじゅると飲み下していく。圧倒的な心地よさに隷属してしまいそうだ。

「んん……♥　ぅ……く、っっ！　だ、ダメよこんなの！　アネットしっかりして！」

「そ、そうだなクレイシア。私は屈するわけにはいかないんだ……っ！」

「まだ抗うか。ならばさらなる快楽を味わわせてやろう。二度とその生意気な口が利けぬようにな」

銀のベヒーモスは嗤《わら》い、全身からドス黒い魔力を湧き上がらせた。

「っ……なんですって！」

「貴様の下衆な企みなどに屈するものか！」

触手に手足を拘束された状態で媚薬粘液に苛まれながら、クレイシアとアネットは銀のベヒーモスを睨みつける。

まだ意識を保ててはいるが、身体の疼きはどんどん大きくなっている。パイズリとフェラチオだけでも絶頂してしまったのだ。セックスが始まればどうなってしまうのか予想がつかない。

「そう怖い顔をするな。すぐに終わる」

「あんたなに言って……っっ⁉　あ、アアアアアアアアアアァァ――――ッッ！」

「ぐっ⁉　貴様一体……が、グウウウウウウウウウウウゥ――――ッッ！」

触手から漆黒の魔力が噴き出し、波動となって乙女の身体を侵食する。騎士の装備が消え去り、衣服が別物へと変貌する。

クレイシアの肌の色もチョコレートのような褐色になり、金髪は紫がかった白髪に、アネットの肌も水色へと変化していった。

波動が鎮まった時、触手に拘束されているのは二人のダークエルフであった。

「ど、どうなってるのよ、この姿⁉」

「なぜ解除《アクティベート》もなくダークエルフに……貴様なにをした！」

「我の魔力でお前たちのダークエルフ遺伝子を刺激してやっただけのこと。もっとも、変化させたのは見た目だけだがな」

「見た目だけ……？　やっ、んぅ、あううううぅぅ……っっ！」

「ング、くあああぁあぁぁ……っっ！　なるほどそういうことか」

触手に乳房を撫でられると、さっきまでと同じように甘い声が出てしまう。本物のダークエルフなら素手で引きちぎることができる触手にも、まったく抵抗することができない。

「んクううううぅ……なんでわざわざこんなことするわけ。意味がわからないんだけど。っ、はううううぅ……」

「ダークエルフの姿の方がより屈辱的だろう？　本来ならば我に勝つことも不可能ではないのだからな」

「くっ、どこまでも見下げ果てたやつめ。この程度で私を辱めたと思うな！　貴様など……う、んくううぅ⁉　な、これは……ンはうううううぅぅっっ⁉♥」

「やっ、どうなって……はぐっ！　ほおおおおおおぉ……っっ！♥」

身体の奥底から湧き上がる強烈な快美に、アネットは肢体を弓なりにのけ反らせ、瞳を見開いて絶叫した。

隣ではクレイシアも同じように喘いでいる。ここまでの媚薬粘液が前戯に思えるほどの性衝動が、乳首にクリトリス、膣穴とこみ上げてくる。

「ああ、もう一つ変化していたところがあったな」

「くぅ、はぁ……ハァハァ……。なんですって」

「お前たちの性器の感度だ。我に反抗する意思に比例して、肉体が欲情するようにしておいた。服従を誓わぬ限り際限なく絶頂が訪れるぞ」

「ふざけるなよ……私たちの身体をなんだと……ぐ、あぐううううぅうっっ！　んぅ♥　ああぁあああああぁ♥」

身体だけではなく戦意すらも快感の道具にされ、発狂しそうなほどの快美電撃が神経を流れる。息を吸うだけでも心地よく、せつない声が止まらない。

抵抗しようにも装備を失った状態では打つ手もなく、スタイルのよい肢体をいいようにされてしまう。

(真剣にマズいわね。胸もオマンコも気持ち良すぎておかしくなっちゃう！)

(快楽で頭の中が満たされてしまう。ダメだ……正気を保て！)

ピンク色に染められていく思考の中で、クレイシアとアネットは懸命に自我を保とうとする。ベヒーモスを生み出す世界の病巣に、屈するわけにはいかない。

唇を噛み血が滲むほど拳を握りしめ、意識を覚醒させる。

「涙ぐましい努力だな。ならばその心を屈服させてやろう」

「んぅっ⁉　ふぐ……んぐうううううううぅ……っっ！」

「やめろ！　触手を近づけるな……むぐっ⁉　ふ、ンンンンンぅ〜〜〜ッッ！」

背中から伸びた多種多様な触手が一斉に動き出すと、二人の口に侵入し胸に巻き付いた。

感度の上昇した肉体は触れただけでも発情し、ビクビクと肌が波打つ。

陵辱者は異常なサディズムを容赦なく解き放つ。触手が長大なペニスのように、乙女の身体を蹂躙する。

「あむ、いや……んっ♥　ふぐうううううぅ♥　ひゃふ……むね……触らないで……ゔゔ、ふぐうううぅっっ！♥」

「はぶ、ぐうううううっっ！　汚いモノを口に入れりゅな……はう、あううう♥　オ、あうオオオオオォ……♥」

ジュプジュプと口の中を男根タイプの触手が動き、イソギンチャクタイプの触手が両胸に吸い付いた。

生臭いカウパー腺液が舌の上に広がり、牛の乳を搾るように乳首が吸引される。奉仕する側だったパイズリフェラとは違い、暴力的な淫悦が性器を責め立てる。

「ゔぐ、はうあぁぁああ♥　臭いしヌルヌルする……」

「おぐ、ぐぐ、あぐううぅ……っっ♥　息がくるひい……」

長くて太い亀頭が蛇の頭のように喉奥を圧迫する。カウパー腺液の食感と息苦しさでえずきそうになるが、膣穴以上の感度になった口腔はこの状況すらも快楽に変換していた。愛液が出るように唾液が溢れ出し、触手亀頭の抽送をスムーズにする。鼻から空気が抜けるたびに、ゾクゾクした感覚が背筋を流れた。

「はぐ、んううぅぅううぅぅう！　胸を吸わりゃいで……っ♥　ああっ……むぐううううぅぅ……♥」

「ぐ、乳首がおかしくなる……くぅ、ああ、あんううぅぅっっ！　チュウチュウするなぁ……♥　あ、あはあああぁ……♥」

搾乳機のような激しさから、赤ん坊が乳を飲むような穏やかさへと触手の責めが変化する。吸盤のような口で乳首を甘噛みされると、胸の奥が熱くなってしまう。

乳房はロケットのように形を歪め、肌が朱色に火照る。ジワジワと火に炙られるような乳悦に、心が蕩けていく。

「んぅ、ああ……ぐうううううぅぅうううぅぅっっ！　あぅ♥　ああ♥　イク♥　イックうぅ♥　はあうううううぅ……っっ！♥」

「むぐうううううぅぅっっ！　お、ぐぐ……ンフぐうううぅ〜〜♥　くる♥　イクぅ♥　はぅ、ああ……ひぅくうううううぅぅっっ♥」

声にならない淫らな呻きだけが漏れ出ていく。一秒ごとに気持ち良さが上昇し、股間は汗と愛液でビショビショだ。

皮膚がすべて性器になったようで、触手と触れているだけで頭の中が滅茶苦茶にかき乱されてしまう。

(身体中、気持ち良すぎてどうにかなっちゃう！　口と胸だけで何回もイッちゃってる♥　イクの終わらない♥)

(快感の波が何度も押し寄せてくる……ダメだ、また達してしまう♥　絶頂がずっと続いている♥)

クレイシアとアネットは小刻みに何度も何度もアクメしていた。頭の中が真っ白になって腰が浮き上がる感覚が数秒ごとに襲い掛かってくる。

口腔と乳房はビクビクと痙攣し、瞳を黒目に戻すことができなくなっていた。

「おぐ、あ……ああああああっっ♥　うぐ……あ、くううぅっっ！　イク♥　またイク♥　ンン……あ、はあああぁあああっっ！♥」

「むぐ、むう、んむううううぅ～～ッッ♥　イグ♥　イッてりゅ♥　イッてりゅうううううぅ♥　ほぉ、おおおおおっっ♥」

「クク、だらしない顔だなエルフの小娘ども。どうだ？　我に服従すると誓うか？」

「あぐううぅ……っっ！　そんなの……お断りよ。そうでしょアネット！」

「もちろんだクレイシア。貴様の思い通りになどなるものか……！」

砕けそうになる理性を繋ぎ止め、二人は銀のベヒーモスに抗う。心も身体も快楽に染め上げられ、言葉を話すことができるだけでも奇跡的だが、まだ敗北を認めるわけにはいかない。

汗と唾液まみれの容貌で、悪魔の誘いを拒絶する。それがさらに快美を昂らせることになるとしても。

「愚かな。その選択を後悔するがいい」

「お、おぐっ⁉　そ、そこは……はぎっ♥　イ、イぎいいいいいいいいいぃぃ～～～～っっ⁉♥」

「ぐぅっ⁉　わ、私の中に……あぐ、ンぐウウウウウウウゥ～～ッッ♥　オオ、あ、アアアアアアアァぁぁ――――ッッ！♥」

ペニス触手が蠢くと、クレイシアとアネットの膣内とアヌスへ侵入を開始した。狭い肉穴を押し広げ、ズチュズチュと奥へと突き進む。

通常の性器以上の快楽器官となった二穴に、魂すら焼き焦がす淫悦が燃え広がった。挿入されただけで一度達し、その後も途切れることなく絶頂が襲い掛かってくる。

眼球が裏返り、涙と涎が可憐な容貌を汚した。

「ほご♥　おお♥　あおおおおおおおおぉっっ！♥　はう、ああ……あっグえぇぇえええええええ♥　ごぉ、ンンンンンンンぅ――――ッッ！♥」

「はぎ、ぐぅ……おぐ、ムウウウウウウウゥゥ～～～～♥　へお、ああっ！　オオオオオオオオオオオォォ――――ッッ！♥」

可憐なエルフの女騎士とは思えない下品な絶叫が教会に響く。体内を移動する触手は容易に子宮口とＳ字結腸に到着し、乙女の一番敏感な部分を刺激した。

全身がガクガクと痙攣し、乳首とクリトリスが異常なほどに勃起する。手足を拘束されていなければ、自らの手でさらに触手を押し込んでいただろう。

「も、もうやめて……ひぐ♥　ほおおぉ♥　あおおおおぉ……っっ！♥」

「狂う……狂ってしまう♥　はぎ、イイ♥　えうううぅ……♥」

「クク、無様極まりない顔だな」

「ふぐ♥　はひいいいいいぃいっっ♥　ゆ、許してぇ……ハウッ！♥　へお、イイイイイイイィッッ！♥」

「き、貴様には屈しない♥　くっしにゃいいいいぃっっ♥　イグ♥　イグぅ♥　ハアうううううぅ……っっ！♥」

騎士としての正義感も、仇敵に対する憎しみもすべてが快楽に塗り潰されていく。ダークエルフ肌は、汗と粘液で淫らな光沢に彩られ、アクメに合わせてピクピクと震えていた。

絶え間なく絶頂の波が押し寄せ、思考が真っ白に漂白される。

（無理無理無理こんなの無理ぃ！　気持ち良すぎてなにも考えられない！　イク♥　またイク♥　イクの終わらない♥）

（私が消える……シュトールに調教されたように肉便器へ堕ちていく♥　イグ♥　身体ぜんぶでアクメしてる♥　こんなの耐えられるわけがない♥）

クレイシアとアネットは底の見えない淫悦の暗黒へと堕ちていく。一秒ごとに上昇する快美の焔に、意思も矜持も焼き尽くされる。

銀のベヒーモスは勝利の確信にニヤリと口角を歪めると、二人の口と股間からペニス触手を抜き出した。

「最後のチャンスをやろう。我に服従するか、快楽で廃人になるか、選べ。もう次はないぞ」

「はひゃ……♥　あえ……ああ♥」

「あう♥　ハァ……♥　ふぁぁ♥」

暗闇の中に一筋の光がもたらされる。それがさらなる地獄への道標であろうと、今の二人に抗う気力はなかった。

「ごめんアネット……わたしもう……」

「いいんだクレイシア。私たちの戦いは終わったんだ」

白髪と銀髪のダークエルフとなった少女騎士たちは虚ろな瞳で互いを見る。幾度も戦場を共にしてきた戦友の顔は涙と涎にまみれ、娼婦未満の存在になっていた。

気高い意思が敗北を迎える。

「ゆ、許してください……わたしが間違っていました」

「貴様……いや、あなたに従います……」

「ん？　服従を誓うと言っているのか？」

「そうよ！　服従する！　だからこの気持ちいいのを止めてぇえええええええええええっっ！　あぐ……くぅううう♥」

「フェラチオもパイズリもオマンコもなんでもするから快感を止めてくれ！　も……もう耐えられないんだ！」

クレイシアとアネットは媚びた笑みを浮かべて叫ぶ。話している間もアクメは続き、ビクンッビクンッと股間が跳ねる。

憐れみを誘う声で敵に懇願する姿に、特務部隊の凛々しさは欠片もない。

「我に対する非礼も詫《わ》びると？」

「え、ええ！　身の程もわきまえず噛みついてごめんなさい！　誠心誠意おチンポを舐めるわ♥　ぺろ……ふぇろぉ♥」

「エルフの小娘の馬鹿な言動を許してほしい。お詫びにこの身体でいっぱい奉仕するから♥　ちゅ、ちゅううぅ♥」

口の前にあるペニス触手に口づけし、媚びるように舌を絡める。嫌悪感しか覚えなかったオスの匂いと粘液のヌルつきも、今は興奮を煽る材料でしかない。

身体の内側から湧き上がる快感の波を止めるために、浅ましいメスの顔を晒す。

「ならば服従の証に我の子種を受け入れろ。当然できるな？」

「ひゃ、ひゃい！　わたしのオマンコにザーメンを注いで！♥」

「あなたの濃厚な精液で種付けをしてくれ♥」

クレイシアとアネットは自ら股を開き、パックリと開いた花弁を見せつける。蠱惑的《こわくてき》な匂いを放つ愛液は、淫靡に鼠径部を濡らしていた。

反抗心による肉体の発情は治まっているが、純粋にメスとして男根の虜になってしまう。微かに震える陰唇は薄っすらと紅潮し、期待にヒクついている。

「いいだろう。では楽しませてもらうぞ」

「おっ♥　あああっ♥　きた♥　おチンポきた♥　あう……うううううううううぅ

～～～～っっ！♥」

「ほぉ、おゴォッ♥　チンポが奥に当たっている♥　くひ♥　はう♥　おっオオオオオオオオオォォ――――ッッ！♥」

再びペニス触手が挿入され、二人は目を見開いて歓喜の声を上げる。今度の触手は先ほどまでのモノより二回りも太く、幹にはいくつもコブが浮き上がっていた。

人間ではありえない肉凶器の圧迫感に、ゴポッと湿った音を鳴らして膣穴が押し広げられていく。

ピンク色のヒダをカリ首が擦り、子宮口がズンズンとノックされた。丘のように盛り上がる恥丘は、陵辱者の欲望を物語るようだ。

「あぐ♥　くうううぅっ♥　はあ、アア、んくううぅ♥　う、うううううぅ♥」

「おお、あ、くふうううぅっっ♥　へお、オオ♥　くぅぅ～～っっ！♥」

「もっとマンコを締めて我を楽しませてみろ」

「ひゃい♥　へお、おおおっ♥　ンくうううぅぅ――――ッッ♥」

「わかった♥　おぐ、ジジ♥　ふんぐううううぅぅうっっ♥」

クレイシアとアネットは下腹部に力を込め、キュウキュウとメス穴をすぼませた。膣壁がピッタリと密着し、より強い快美刺激を触手から与えられる。

コブの凹凸が愛液を掻き出し、紅珊瑚《べにさんご》のような陰唇が物欲しげに痙攣を繰り返した。股間が宙に浮いているような感覚に包まれていく。

「おチンポ好き♥　たくさん動いてちょうだい♥　あんっ♥　はぁ、あああぁ～～ん♥

はう、あうう♥　んくうううぅっっ♥」

「ほぉ♥　おおぉ♥　私の奥の敏感な部分に当たっている♥　もっと激しく♥　奥まで突いてくれ♥　あう、ウウウゥ、っくうううぅ〜〜〜っっ♥」

　疲れ知らずのピストン運動に、はしたない嬌声が止まらない。前後に動く触手に合わせて、淫猥に腰がくねる。

　頬を伝う涙は苦痛から喜悦《きえつ》へと変わっていた。

「あう、んぅ、ううううううぅっっ♥　あん♥　おチンポがビクビクしてる♥　射精したくなってるんだ♥　っっ♥　ああ……はぐうううぅ♥」

「私の中をザーメンで満たしてくれ♥　他のことなんて考えられなくなるくらいイカせてくれ♥　ンぅ♥　おっ♥　クウウウゥ……♥」

　エルフの女騎士は蕩けた表情で子種汁を求める。惨めなセリフを口にするとマゾヒズムが刺激され、ゾクゾクと背筋が震えた。

「んぅ♥　胸もまた激しくなってぇ……♥　あんっ♥　あんっ♥　ああんっ♥　乳首弄られて感じちゃう♥　あう、んはあぁ……♥」

「チンポ触手が悦んでいる♥　私のエロおっぱいでピクッてしている♥　おう♥　はあぁああ♥　おおおん♥」

　触手亀頭を押し当てられ、ＩカップとＦカップのメロン巨乳がいやらしく弾む。谷間で抽送を繰り返されると、乳頭がグミのように震えた。

　乳輪は野イチゴのごとく赤みを増し、メスの匂いが濃さを増す。二人の肌は汗と粘液にまみれ、淫らにテカテカと輝いていた。

「んは♥　はあぁ……♥　あんっ♥　あっ♥　ううううぅ～～っっ♥」

「おう♥　くぅ♥　ああくううぅ～～っっ♥　ふぐ、ンンン♥」

「物欲しそうな顔だな。ザーメンが待ち遠しいか？」

「ほしい♥　ザーメンほしい♥　あなたの熱いミルクを注いでちょうだい♥　もう……もう我慢できないの♥　はう、くううぅ……っっ♥」

「そうだ♥　早く……早く注いでくれ♥　あなたの肉便器として使ってほしいんだ♥　はう、あうぁああ♥　おっ♥　はうぐううぅ……♥」

クレイシアとアネットの媚びたセリフに応えるように、触手ペニスの動きが速く激しくなっていく。

グチョグチョと水音を鳴らしてメス穴がほぐされ、コブ肉幹が内壁を擦る。何度も亀頭をぶつけられた子宮口は精液を受け入れるために下がり、熱い衝撃を心待ちにしていた。

「ああ、イク♥　くる♥　ザーメンくる♥　アア、ああああぁ――ッッ！」

「イグ♥　またイグ♥　おお、ほおおおおぉぉ――っっ！」

亀頭が拳サイズに膨れ上がり、鈴口にザーメンが昇ってくる。ベヒーモスの巨大な睾丸から生み出されるオタマジャクシが、カウパー腺液に混じり漏れ出ていく。

オマンコを締め付けて喘ぐメス豚にトドメを刺すべく、マグマのような性衝動が噴き上がった。

どびゅ、どびゅびゅっ！　ビュク、ぶびゅびゅびゅううううぅ――っっ！　ドブ、ビュビュく、ドブブブブうううぅ――――ッッ！

「ア、あぐウウウウゥゥゥ――ッ♥　イク、イクイクイッちゃううううぅ――っっ！♥　あん♥　はあぁぁ♥　ザーメン熱いいいぃいいいいい！♥♥」

「オマンコイグ♥　イグ♥　イグぅぅ♥　子種汁いっぱい入ってくるうううううぅ♥　ほぉ♥　おっほおおおおおおおぉぉ――――ッッ！♥♥」

熱い精液の迸りを受け、クレイシアとアネットは絶叫した。今までの絶頂が上書きされるほどの圧倒的な快美に、白目を剥き舌を突き出してアヘ顔を作る。

子宮が強者のザーメンで満たされることが心地よく、恥丘がビクビクと痙攣する。プライドも尊厳も騎士として自らを支えてきたすべてが破壊され、底の見えない快美奈落へと堕ちていく。

「あひ♥　へあ♥　へえぇ……♥」

「おひ♥　おお……ふあぁぁ……♥」

二人は恍惚の表情でアクメの余韻に浸る。ザーメンの熱が膣内に広がり、収まり切らない白濁がゴポゴポと溢れ出た。

身体中の骨を抜かれたように、手足に力が入らない。

「なにを呆けている。面白いのはここからだぞ」

「……え？　あ、アア、があああぁあああぁ――――ッッ⁉」

「なっ、あぐっ⁉　えお、おゴおおおおおおぉ――――ッッ⁉」

ボコンッと腹部が盛り上がり、クレイシアとアネットはケダモノのように吠える。犯されている時とは違う鈍い苦痛が、臓腑を急激に圧迫した。

目の前で星が瞬き、視界が歪む。

「うそ……ど、どうなってるわけ？」

「こんな馬鹿なことが……」

風船のように膨らんだお腹を見て驚愕《きょうがく》に目を見開く。恐ろしいのはただ魔法で肉体を変化させられたのではなく、生命の気配があることだ。

まるで臨月を迎えた妊婦のように。

「我の力なら射精と同時に妊娠させることもそう難しいことではない。子種を受け入れると言っただろう？」

「だからって妊娠なんて……うく、うううぅ……」

「ぐううぅ……く、苦しい……」

陣痛の痛みで可憐な容貌が歪む。腹の中の胎児は外に出ようともがき、すでに破水が始まっていた。

「べ、ベヒーモスの赤ちゃんが生まれちゃうの……？」

「それは不可能だが、我はどのような生物の子種でも生み出すことができる。お前たちには魔獣の赤ん坊を孕《はら》ませておいた。愚かなエルフ女に相応しい末路だろう」

「魔獣だと⁉　そんな……お、ほごおおおおぉぉ――――ッッ‼」

エルフはどの種族の赤ん坊でも妊娠することのできる能力を持っている。そのためオークなどの孕み袋になることもあるが、ケダモノの子を宿すことなどありえない。

同族どころか人間ですらない子を産むという現実が、心を絶望に突き落とす。

「いや……魔獣のママになんてなりたくない！」

「ふざけるな！　こんなもの産んでたまるか！」

怒りが理性を呼び起こし、二人は声を張り上げた。しかし、それは消える前の蝋燭《ロウソク》が一瞬強く燃え上がる現象と同じ。

すぐに快楽の波が襲い掛かってくる。

「はぐ、お、グウウウウゥ〜〜っ♥　やっ、また気持ちいいのが……んぢ♥　あああぁあああああぁぁあああ――ッッ！♥」

「い、痛いのに感じてしまう……！　はう♥　んうううううぅぅ――っ♥　うう……私の中で動くなぁ♥」

胎児が腹を蹴ると痛みの代わりに強烈な快感がもたらされる。媚薬の効力は残り続け、臓腑が圧迫される鈍痛すら絶頂を後押しするスパイスだ。

膣口からは破水に混じって愛液が溢れ出てくる。

「こんなので感じちゃダメなのに♥　赤ちゃんにイカされちゃう♥　ドンドンってお腹蹴られるのたまらない♥　あう、ああ♥　はうううぅ……♥」

「ほごおおおおおぉ♥　お腹でアクメくる♥　子宮が悦んでる♥　あぅ♥　へおおおおおぉぉ……♥」

倒錯的な肉悦が全身に広がり、ミシミシと骨盤が軋む感覚すらも愛おしい。身体の重さと息苦しさもマゾ快美を加速させ、脊髄に快美のパルスが流れる。

魔獣は生まれようともがき、膣口が門のように開かれていく。

「元気のよい赤ん坊だな。もう産まれようとしているぞ」

「そ、そんなぁ……お、んううぅ♥　ふぐ……きてる♥　赤ちゃん生まれちゃう♥　はぁ……あううぅあああああぁぁッ♥」

「くぅ、出産なんて初めてなのに……っ、ンンン♥　でもオマンコ感じる♥　大きなチンポを挿入《い》れられたみたいに興奮する♥　へぉ、ほおおおおぉ♥」

魔獣の頭が見え始め、クレイシアとアネットは蕩け切った声を上げた。出産に対する恐怖と快楽がない混ぜになり、再び絶頂が近づいてくる。

意識がすべて股間に集中し、感度が高まり続けていく。

「イク……ああ、アアアアアアアアァァッ♥」

「くる……あぐ、ンうううううぅ――っっ♥」

ズリズリと膣壁を擦りながら魔獣胎児が下りてくる。意識を失いそうな苦痛と衝撃はすべて快楽に変換され、乳首もクリトリスもアナルも、出産中の膣穴でさえも淫らに発情してしまう。

ピンク色の媚肉が悦楽にわななき、すべてが限界に達した瞬間、尊厳を完全破壊する出産アクメが訪れた。

瞳が裏返り、勢いよく潮が噴き出す。

ぷしゃ♥　プシュ♥　プシャアアアアァァ――ッ♥　プシャアアアアァァ――ッ♥

「イグ♥　赤ちゃん産みながらイッちゃう♥　ママになってイッちゃう♥　ほぉ、おおお

お♥　イグうううううううぅ～～～っっ！♥　ああ、アアアアアアアアアアァ━━━━━━ッッ！♥♥」

「イグイグイグイッグうううううぅ━━━っ♥　出産でイッてしまう♥　無理やり孕まされた赤ちゃんでイグの止まらない♥　はう、ふえええ♥　おっほエエエェエエエエエエぇぇ━━━━━━━ッッ！♥♥」

下品すぎる声を上げながら、魔獣を産み落とし絶頂するダークエルフ。屈辱と快感の二律背反の中で、無限の淫悦を味わう。

ベヒーモスに孕まされ、ケダモノを産まされているのに、ピンッとつま先を立てて全身を痙攣させてしまう。

エルフの女として最低の存在に堕ち、どこまでもマゾ快美の深淵へと落下する。

「ふぇ♥　はぁ、ああああ……♥　これがわたしの赤ちゃん……♥」

「私がママになったのか……♥　ふふ、思ったより可愛い顔だな♥」

狼に一本角が生えたような魔獣を、クレイシアとアネットは愛おしそうに見つめる。解放感とアクメの心地よさに支配され、もう以前の二人には戻れない。

「そのまま赤ん坊に犯してもらうがよい。浅ましい貴様らにはお似合いの末路だ」

「はぇ？　おっ♥　ああああぁあああああああ━━━━━っっ！♥」

「いう、くうううううううぅぅ～～～っっ！♥」

生まれたばかりの魔獣は瞳を開き、早くも四足で動き出す。そして自らの母親に這い寄ると、まだ幼いペニスをヴァギアに突っ込んだ。

出産直後で敏感になったメス穴が、ズチュズチュと擦られる。快美感が天上に昇った状態から降りられない。

「赤ちゃんとなんてダメえええええぇえええ♥　親子でそんなことしちゃいけないのに……はう、やあぁああああああ♥」

「ほおおおぉ♥　子供のチンポで感じてしまう♥　オマンコにゾクゾクくるウウウウウゥウゥ～～ッ♥　あえ、ハァアアアアアアアアァッ♥」

近親相姦でクレイシアとアネットは白目を剥き口をすぼませる。ペニスの長さは触手と比べて短いが、背徳感が快感を何十倍にも押し上げる。

意識が桃色に染まり、辱悦の底なし沼から出ることができない。

「へひ、あひイイイイィ～～ンッ♥　いっぱいパンパンしてくれてる♥　がんばりやさんなのね♥　あう、んんうううぅ……♥」

「そんなにママのオマンコがいいのか♥　かわいいやつだな♥　うう、ふぐくうううううぅ～～っ♥　おぅ、はあぁああああああ♥」

まだたどたどしいピストン運動も我が子のことだと思えば愛おしい。毛むくじゃらの身体を押し付けられると、正常位で喘いでしまう。

生き物として最底辺の存在へと転落するが、甘美な衝動に抗うことはできない。媚粘膜がメス液を滲ませ、思考が融解する。

「んぁ、はぁ、あああああぁ――っ♥　ひゃう、あぐううううぅ♥」

「クゥ、ああ……あはぁあああああぁ～～～～ん♥」

先の尖ったペニスが前後するたびに、瞳が蕩け陰唇が歓喜にヒクつく。青臭い精液の匂いにまみれながら、恥丘を波打たせる。

「んっ、胸が苦しい……これってもしかして……」

「も、もうなのか……？」

Ｉカップとカップの巨乳房がパンパンに張り、乳首に掻痒感《そうよう》に似た疼きが湧き上がってくる。

悪夢の中で経験のあるクレイシアが初めに気づき、遅れてアネットも理解する。胸に母乳が溜まっていることを。

「あんっ♥　乳首がピクピクしちゃう♥　もうミルクが滲んできてる♥　んく、ふぁあああぁあああ～～～っ♥」

「んくっ、クウウウウウウウウゥゥ～～ッ♥　母乳を出したくてたまらない♥　おっぱいがせつないんだ♥　ハァ……はぁあぁ……♥」

もどかしい衝動に翻弄されながら、二人は甘酸っぱい声を漏らす。射精が迫っているように、乳頭が勃起しミルクがこみ上げてくる。

昏い期待感に堕ちた心が躍る。

「んん……あなたもおっぱい飲みたいのね♥」

「ふふ、いっぱい吸っていいんだぞ♥」

魔獣が柔らかな胸果実に口を近づけてくる。我が子の求めてくる姿に母性本能をくすぐられ、官能の昂りが止まらない。

褐色の肌からはメスの淫気が香り、近親交尾を後押しする。

「あっ♥　んぅぅっ♥　そうよ、たくさん吸って♥　はう、あああう……あはあああぁぁ……♥」

「ママのおっぱいを飲んでくれ♥　お前のためにミルクを出すからな♥　はぅ、アアア……んく、くううぅぅ～～～っ♥」

チュパチュパと音を立てて母乳を吸われていると、乳輪を中心にして火柱のような喜悦が心を炙る。

メス穴も魔獣ペニスで絶えずピストンされ、快楽の二重奏に子宮が高鳴ってしまう。

「グクク、自らの子供と交尾して悦ぶとはな。お前たちの淫乱さにはほとほと呆れる」

「だって気持ちいいんだもの♥　セックスしながらミルク吸われるの好きなのぉ♥　あんっ♥　はあぁ……んくううううぅ……♥」

「おっぱいもオマンコも蕩けてしまう♥　赤ちゃん交尾気持ちいい♥　あう、ふあおおおおおぉぉお♥」

とめどなく白い快美が溢れ、膣内の粘膜が歓喜にわななく。頭の中が淫欲で埋め尽くされ、銀のベヒーモスの嘲笑すら気にならない。

何度も味わった絶頂がまたこみ上げてくる。

「またきちゃう♥　赤ちゃんにイカされちゃうううううううゥゥ～～～～ッッ！♥」

「イグ♥　またイグイグうううううううううううぅぅっっ！♥」

魔獣が腰を振る速さに合わせるように、クレイシアとアネットは絶叫する。初々しいペニスがムクムクと大きさを増し、水っぽいザーメンを吐いて精通を迎える。

背徳感が股間を直撃し、絶頂が訪れた。

ピュ、ピュゥゥーッ！　ドピュ、ピュウウウゥーッ！

「ひゃうううううぅっっ♥　イク♥　イクイク♥　クルうううぅっ♥　ママイッちゃうウウウウウゥ～～～ッッ！♥　赤ちゃんセックスしゅきいいぃ♥♥」

「授乳しながらアクメする♥　最低なのに気持ちいい♥　イグ♥　イグうぅ♥　あはアアアアアアアァ――――ッッ！♥♥」

我が子の精液で膣内を満たし、堕ちたダークエルフは白目を剥く。媚肉が痙攣し、快楽の深淵へと沈んでいく。

「面白い見世物だったぞ。我が肉奴隷ども」

「はい、銀のベヒーモス様♥　これからもわたしをいっぱい犯してください♥」

「一生あなたのハメ穴として使ってくれ♥」

瞳にハートマークを浮かべて、服従の証に巨大肉竿を舐める。メスの匂いで満たされた教会に、銀のベヒーモスの笑い声だけが響いていた。

あとがき

今作からの方ははじめまして、有機企画と申します。

大人気ダークファンタジーRPG、『軋轢のイデオローグ』のノベライズということで、緊張しつつも本編とはまた違う二人の戦いと、エロを書かせていただきました。

ハードな陵辱にも屈せず悪に立ち向かうエルフ騎士の姿は、格好良くも敗北を願ってしまうところがありますね。

クレイシアとアネットの魅力はこの小説だけでは書き切れないので、もしゲームを未プレイの方がいましたら、是非プレイしてみてください。

小説では惜しくも登場させることができなかったキャラクターたちも、めちゃくちゃエッチでカッコイイですよ！

特に男性陣の生き様は必見です。

最後に、素晴らしいゲームを作ってくださったONEONE1様、ヒロインを魅力的に描いてくださった眞人先生、何度も相談に乗って頂いたKTC編集部様に、心からの感謝を申し上げます。

また次の作品でもお会いできたら幸いです。

二次元ドリームノベルズ
変幻装姫シャインミラージュ
戦うヒロインを屈服させちゃう
かなり過激な
日常に密着したエロス、
リアルな舞台設定で送る
官能小説レーベル!
「小説家になろう」の男性向けサイト
「ノクターンノベルズ」
から書籍化!
女刑事美優
姫騎士クラスメート!
リアルドリーム文庫
ビギニングノベルズ
キルタイムコミュニケーション小説シリーズ
あなたはどのタイプ?
異世界のデキる妹は
いかがでしょうか?
あとみっく文庫
呪詛喰らい師
あの人気作品の
外伝作品もあり!
電子書籍でしか読めないエッチノベル…
フリーダム120%!?
ドキドキラブラブな
ハーレム系
ライトノベル!
二次元ぷち文庫
二次元ドリーム文庫
編集・発行 キルタイムコミュニケーション
東京都中央区新富1-3-7 ヨドコウビル TEL:03-3555-3431(販売) FAX:03-3551-1208
▶最新情報は公式サイトへ! キルタイムコミュニケーション 検索

二次元ドリームノベルズ　第431弾

特務騎士クリス
～エリート軍人異種交配録～

異星人マグリーノの侵略に対抗すべく、地球防衛軍に所属し『特務騎士』として戦うエリート女隊員クリス。だがとある任務中に罠に嵌められたクリスは、宿敵の科学者・ジャグハバットの手に落ちてしまう。人質にされた隊員たちを救うために彼女に課せられたのは、不気味な触手を持つ巨大生物との交配実験。身体を弄ばれ、痴態を記録され、戦士の矜持は淫悦に染められていく――。

小説：089タロー
挿絵：TANA

2020年
11月
発売予定

作家&イラストレーター募集！

編集部では作家、イラストレーターを募集しております。プロ・アマ問いません。
原稿は郵送、もしくはメールにてお送りください。作品の返却はいたしませんのでご注意ください。なお、採用時にはこちらからご連絡差し上げますので、電話でのお問い合わせはご遠慮ください。

■小説の注意点
①簡単なあらすじも同封して下さい。
②分量は40000字以上を目安にお願いします。

■イラストの注意点
①郵送の場合、コピー原稿でも構いません。
②メールで送る場合、データサイズは5MB以内にしてください。

E-mail：2d@microgroup.co.jp
〒104-0041　東京都中央区新富1-3-7ヨドコウビル
㈱キルタイムコミュニケーション
二次元ドリーム小説、イラスト投稿係

軋轢のイデオローグ
～淫辱のエルフ騎士～

2020年11月5日　初版発行

【著者】
有機企画

【原作】
ONEONE1

【発行人】
岡田英健

【編集】
藤本佳正

【装丁】
マイクロハウス

【印刷所】
図書印刷株式会社

【発行】
株式会社キルタイムコミュニケーション
〒104-0041　東京都中央区新富1-3-7ヨドコウビル
編集部　TEL03-3551-6147／FAX03-3551-6146
販売部　TEL03-3555-3431／FAX03-3551-1208

本作品のご意見、ご感想をお待ちしております

本作品のご意見、ご感想、読んでみたいお話、シチュエーションなどどしどしお書きください！
読者の皆様の声を参考にさせていただきたいと思います。手紙・ハガキの場合は裏面に
作品タイトルを明記の上、お寄せください。

◎アンケートフォーム◎　**http://ktcom.jp/goiken/**

◎手紙・ハガキの宛先◎
〒104-0041 東京都中央区新富 1-3-7 ヨドコウビル
(株)キルタイムコミュニケーション　二次元ドリームノベルズ感想係